Geschichten für Senioren

This is a work of fiction. Similarities to real people, places, or events are entirely coincidental.

GESCHICHTEN FÜR SENIOREN

First edition. March 9, 2023.

Copyright © 2023 Liom Liom.

ISBN: 979-8215277584

Written by Liom Liom.

Die Wunder des Alters

Es war einmal eine Gruppe von Senioren, die in einem Altersheim lebten. Viele von ihnen fühlten sich einsam und unglücklich, und wünschten sich, dass sie noch einmal jung sein könnten. Doch eines Tages entdeckten sie, dass das Alter auch seine Wunder bereithält.

Es begann damit, dass einer der Bewohner, Herr Müller, seine alten Hobbys wieder aufnahm. Er begann, Gedichte zu schreiben und sich für Malerei zu interessieren. Die anderen Bewohner waren erstaunt, wie lebendig er plötzlich wirkte, und beschlossen, es ihm gleichzutun. Bald darauf entdeckten auch sie ihre Leidenschaften und begannen, sich in verschiedenen Bereichen zu engagieren. Frau Schneider begann, Yoga zu machen, Herr Schmidt fing an, Gitarre zu spielen und Frau Fischer begann, ihre eigene Kleidung zu nähen.

Die Senioren lernten, dass das Alter kein Hindernis für neue Erfahrungen und Abenteuer sein muss. Im Gegenteil, es kann eine Zeit der Entdeckung und des Wachstums sein. Sie begannen, ihre Fähigkeiten zu verbessern und sich auf neue Herausforderungen einzulassen.

Eines Tages beschlossen sie, ihre neuen Talente zu zeigen und eine Ausstellung im Altersheim zu veranstalten. Es war ein großer Erfolg, und sie erhielten viele Komplimente von den anderen Bewohnern und auch von ihren Familien. Die Senioren waren stolz auf ihre Leistungen und fühlten sich lebendig und glücklich wie nie zuvor.

Die Wunder des Alters waren noch lange nicht vorbei. Die Senioren gründeten einen Chor und begannen, Ausflüge in die Natur zu machen. Sie erkannten, dass das Leben noch so viel zu bieten hat, und dass sie nicht aufhören sollten, nach neuen Erfahrungen zu suchen.

Die Senioren im Altersheim lernten, dass das Alter nicht das Ende bedeutet. Es kann eine Zeit der Entdeckung und des Wachstums sein, wenn man sich darauf einlässt. Sie fanden Freude und Glück in ihren Leidenschaften und Fähigkeiten und bewiesen, dass man nie zu alt ist, um etwas Neues zu lernen.

Der Spaziergang im Park

Frau Berger war eine lebenslustige Rentnerin, die jeden Tag nutzte, um aktiv zu bleiben und das Leben in vollen Zügen zu genießen. Eines sonnigen Tages entschied sie sich, einen Spaziergang im Park zu machen und die Natur zu genießen.

Als sie im Park ankam, konnte sie die frische Luft und den Duft der Blumen genießen, während sie gemütlich durch die Wege schlenderte. Sie beobachtete Vögel, die in den Bäumen sangen, und sah Kindern beim Spielen auf dem Spielplatz zu.

Während ihres Spaziergangs bemerkte Frau Berger, dass ein älterer Mann, der auf einer Parkbank saß, sehr traurig aussah. Sie beschloss, ihm Gesellschaft zu leisten und setzte sich neben ihn. Sie stellte sich vor und begann eine Unterhaltung mit ihm. Er erzählte ihr von seiner Frau, die vor kurzem verstorben war, und dass er sich einsam fühlte.

Frau Berger erkannte, dass der Mann jemanden zum Reden brauchte und bot ihm ihre Gesellschaft an. Gemeinsam schlenderten sie durch den Park, plauderten und lachten. Sie besuchten den Teich und fütterten die Enten, bevor sie sich auf eine Bank setzten, um die Sonne zu genießen.

Als sie sich verabschiedeten, bedankte sich der Mann herzlich für ihre Gesellschaft und sagte, dass er sich viel besser fühlte. Frau Berger war glücklich, dass sie jemandem helfen konnte und kehrte mit einem breiten Lächeln auf dem Gesicht nach Hause zurück.

In den folgenden Wochen besuchte Frau Berger den Park regelmäßig und traf sich immer wieder mit dem Mann. Mit der Zeit freundeten sie sich an und halfen sich gegenseitig dabei, die Einsamkeit zu überwinden. Sie teilten ihre Erfahrungen und Geschichten und genossen die Gesellschaft des anderen.

Dieser Spaziergang im Park hatte das Leben von Frau Berger und dem älteren Mann auf eine Weise verändert, die sie niemals erwartet hatten. Sie waren beide glücklich und dankbar für die neue Freundschaft, die sie gefunden hatten.

Die kleine Gartenlaube

Herr Schmidt war schon immer ein begeisterter Gärtner. Seit seiner Pensionierung hatte er mehr Zeit, um sich um seinen Garten zu kümmern, den er liebevoll pflegte. Eines Tages entdeckte er im Garten eine kleine, alte Gartenlaube, die in einem verwunschenen Zustand war. Herr Schmidt beschloss, sie zu restaurieren und sie zu einem gemütlichen Ort zum Entspannen und Genießen des Gartens zu machen.

Er begann, die alten Bretter abzureißen und den Boden zu reparieren. Er kaufte neues Material und verbrachte viele Stunden damit, die Gartenlaube zu renovieren. Schließlich stand sie wieder in voller Pracht und Herr Schmidt war begeistert von seiner Arbeit.

Eines Tages beschloss Herr Schmidt, seine Freunde und Nachbarn zu einem Picknick in der Gartenlaube einzuladen. Er bereitete Sandwiches, Kuchen und Tee vor und schmückte die Gartenlaube mit Blumen und Kerzen. Als seine Gäste eintrafen, staunten sie über die Verwandlung der kleinen Gartenlaube und waren beeindruckt von Herr Schmidts Arbeit.

Sie genossen das Picknick, das herrliche Wetter und den Charme des Gartens. Herr Schmidt zeigte ihnen stolz die Pflanzen und

Blumen, die er gepflanzt hatte, und erzählte ihnen Geschichten aus seiner langen Gartenkarriere.

Während des Picknicks bemerkte Herr Schmidt, dass er eine seiner Gartenhandschuhe verloren hatte. Sie durchsuchten gemeinsam den Garten und fanden den Handschuh schließlich in einem Rosenbeet. Als sie den Handschuh aufhoben, fanden sie eine kleine Schachtel, die darunter vergraben war.

Als sie die Schachtel öffneten, fanden sie eine alte, handgeschriebene Notiz, die von einem früheren Bewohner des Hauses stammte. In der Notiz stand, dass die Gartenlaube einst der Lieblingsort der Familie gewesen sei, um zusammenzukommen und Erinnerungen zu schaffen.

Herr Schmidt und seine Gäste waren gerührt von der Geschichte und beschlossen, die Tradition fortzusetzen und die Gartenlaube zu einem Ort zu machen, an dem sich Familie und Freunde treffen konnten. Von diesem Tag an wurde die kleine Gartenlaube zu einem beliebten Ort für Zusammenkünfte, Geburtstagsfeiern und Gartenpartys.

Für Herrn Schmidt war die Restaurierung der Gartenlaube nicht nur eine körperliche Arbeit, sondern eine Gelegenheit, Erinnerungen zu schaffen und Freundschaften zu pflegen. Die kleine Gartenlaube brachte Freude und Glück in sein Leben und das seiner Freunde und Nachbarn, und wurde zu einem Ort der Liebe und Gemeinschaft.

Eine Nacht in der Natur

Herr Müller und seine Frau waren schon immer begeisterte Naturliebhaber. Sie hatten oft Wanderungen gemacht und die Schönheit der Natur genossen. Doch mit den Jahren war es schwieriger geworden, längere Wanderungen zu unternehmen und sie vermissten das Gefühl, in der Natur zu sein.

Eines Tages entschieden sie sich, einen Campingausflug zu machen und eine Nacht in der Natur zu verbringen. Sie packten ihr Zelt, Schlafsäcke und Campingausrüstung ein und fuhren zu einem nahegelegenen Naturpark.

Als sie ankamen, waren sie von der Schönheit des Parks überwältigt. Sie wanderten durch den Wald, über Bergwege und an klaren Seen vorbei. Sie sahen Rehe und andere Tiere und genossen die Stille und Ruhe der Natur.

Als es Zeit war, das Zelt aufzuschlagen, wählten sie eine idyllische Stelle am Rande des Sees. Sie bauten ihr Zelt auf und bereiteten ein Lagerfeuer vor. Sie kochten Suppe und braten Würstchen auf dem offenen Feuer und genossen das Essen im Freien.

Während sie am Feuer saßen, bemerkten sie, dass der Himmel voller Sterne war und sie konnten das Gefühl der Freiheit und Ruhe genießen. Herr Müller erzählte seiner Frau von seinen Erinnerungen an seine Kindheit und seine Sommerferien, als er mit seinen Eltern und Geschwistern in den Bergen zeltete.

Sie verbrachten die Nacht im Zelt, lauschten dem Rauschen des Windes und dem Plätschern des Sees und genossen das Gefühl der Freiheit und Unabhängigkeit. Am Morgen wachten sie auf, als die Sonne aufging, und sie beschlossen, noch einen Tag im Park zu verbringen.

Sie wanderten weiter, entdeckten neue Orte und genossen die Natur. Sie fühlten sich so lebendig und frei wie schon lange nicht mehr. Als es Zeit war, zurückzukehren, waren sie erfüllt von einem Gefühl der Freude und Dankbarkeit für die Schönheit und Freiheit, die die Natur ihnen geschenkt hatte.

Für Herrn Müller und seine Frau war diese Nacht in der Natur ein unvergessliches Erlebnis. Es erinnerte sie an ihre Jugend und an das Gefühl, lebendig und frei zu sein. Es gab ihnen auch das Gefühl, dass es nie zu spät ist, etwas Neues zu wagen und ihre Liebe zur Natur zu pflegen.

Die Veränderung des Wetters

Frau Schröder war schon seit vielen Jahren ein großer Fan des Wetters. Sie beobachtete jeden Tag den Himmel, um zu sehen, welche Wolken sich dort bewegten und welche Art von Wetter sie ankündigten. Doch in letzter Zeit hatte sie das Gefühl, dass sich das Wetter veränderte. Es schien nicht mehr so vorhersehbar zu sein wie früher.

Eines Tages beschloss sie, ihre Beobachtungen aufzuschreiben. Sie machte sich eine Liste mit den verschiedenen Arten von Wolken und Wettersituationen und begann, sie jeden Tag zu notieren. Dabei bemerkte sie, dass das Wetter in der Tat anders war als früher. Es gab mehr unerwartete Gewitter, Stürme und ungewöhnlich warme Tage.

Doch statt sich zu ärgern, entschied sie, das Beste aus der Situation zu machen. Sie begann, das Wetter als Chance zu sehen, neue Dinge zu entdecken. An Tagen, an denen es regnete, las sie ein gutes Buch oder verbrachte Zeit mit ihrer Familie. An sonnigen Tagen ging sie in den Park spazieren oder besuchte ihre Freunde.

Sie begann auch, sich für das Wetter zu interessieren und recherchierte, welche Veränderungen auf der Welt das Wetter beeinflussen könnten. Sie las über den Klimawandel und darüber, wie wir alle dazu beitragen können, das Wetter und die Umwelt zu schützen.

Eines Tages hatte Frau Schröder eine Idee. Sie beschloss, eine Wetter-Gruppe für Senioren zu gründen, um ihr Wissen und ihre Erfahrungen mit anderen zu teilen. Sie lud Freunde und Nachbarn ein und sie trafen sich jeden Monat, um über das Wetter und den Klimawandel zu diskutieren. Sie luden auch Experten ein, um über verschiedene Themen zu sprechen.

Mit der Zeit merkte Frau Schröder, dass sie nicht nur das Wetter, sondern auch ihre Beziehungen zu anderen Menschen und ihre Gemeinschaft verändert hatte. Sie war glücklicher und fühlte sich erfüllter als je zuvor. Sie hatte eine neue Leidenschaft gefunden und konnte anderen helfen, sich auch dafür zu begeistern.

Die Veränderung des Wetters hatte Frau Schröder dazu gebracht, neue Wege zu entdecken, um ihre Zeit zu nutzen und ihr Leben zu bereichern. Sie hatte die Herausforderungen angenommen und war daran gewachsen. Und das Beste daran war, dass sie dies mit anderen teilen konnte und so das Leben aller Beteiligten verbesserte.

Eine Begegnung in der Stadt

Frau Müller hatte sich in den letzten Jahren daran gewöhnt, alleine zu sein. Sie war eine ältere Frau, die in der Stadt lebte und oft allein ihre Einkäufe erledigte. Eines Tages war sie auf dem Weg zum Supermarkt, als sie von einer jungen Frau angesprochen wurde.

"Entschuldigung, können Sie mir sagen, wo die nächste Apotheke ist?", fragte die Frau höflich.

Frau Müller war überrascht, dass sie von jemandem angesprochen wurde und antwortete freundlich: "Ja, die Apotheke ist nur ein paar Straßen weiter. Wenn Sie möchten, kann ich Ihnen den Weg zeigen."

Die junge Frau war erleichtert und dankbar für das Angebot. Gemeinsam gingen sie durch die Straßen der Stadt und unterhielten sich über Gott und die Welt. Sie stellten fest, dass sie viele Gemeinsamkeiten hatten und genossen die Gesellschaft des anderen.

Als sie schließlich die Apotheke erreichten, bedankte sich die junge Frau herzlich bei Frau Müller für ihre Hilfe und für die nette Unterhaltung. Frau Müller war glücklich, jemanden kennengelernt zu haben, der ihre Einsamkeit für eine kurze Zeit vertrieb.

In den kommenden Wochen trafen sich Frau Müller und die junge Frau immer wieder in der Stadt. Sie gingen zusammen einkaufen, besuchten gemeinsam Museen und gingen ins Kino. Frau Müller hatte das Gefühl, dass sie eine neue Freundin gefunden hatte, und war dankbar für die unerwartete Begegnung in der Stadt.

Mit der Zeit lernte Frau Müller, dass es nie zu spät ist, neue Freundschaften zu schließen. Sie hatte gelernt, dass man offen sein muss, um neue Menschen kennenzulernen. Und dass es in der Stadt, in der sie schon so lange gelebt hatte, immer noch Überraschungen und Möglichkeiten gab.

Die Begegnung in der Stadt hatte Frau Müller gezeigt, dass das Leben voller Überraschungen und Abenteuer steckt, wenn man es nur zulässt. Und sie hatte eine neue Freundin gefunden, die ihr Leben bereichert hatte.

Die Schönheit der Natur

Herr Schmidt hatte schon immer eine Liebe zur Natur. Er liebte es, draußen zu sein und die Schönheit der Natur zu bewundern. Eines Tages beschloss er, eine Wanderung in den Bergen zu unternehmen, um die Natur hautnah zu erleben.

Er packte seinen Rucksack mit allem, was er für die Wanderung benötigte und machte sich auf den Weg. Der Aufstieg war anstrengend, aber Herr Schmidt war entschlossen, das Ziel zu erreichen. Er wanderte durch dichte Wälder und über kristallklare Bäche und genoss die atemberaubende Aussicht auf die Berge.

Als er schließlich den Gipfel erreichte, war er sprachlos. Die Aussicht war atemberaubend und er konnte nicht anders, als ein tiefes Gefühl der Dankbarkeit zu empfinden. Er fühlte sich glücklich und erfüllt, und er wusste, dass er diesen Moment nie vergessen würde.

Während er auf dem Gipfel saß, genoss er die Schönheit der Natur und ließ die Ruhe und Stille auf sich wirken. Er spürte, wie sein Geist ruhiger und entspannter wurde, und er fühlte sich so lebendig wie schon lange nicht mehr.

Als er schließlich wieder zu Fuß ins Tal zurückkehrte, fühlte er sich verändert. Er hatte eine tiefere Verbindung zur Natur und zu sich selbst gefunden. Er hatte das Gefühl, dass er etwas Besonderes erlebt hatte, und dass er dankbar sein konnte, dass er die Möglichkeit hatte, die Schönheit der Natur auf eine so unmittelbare und intensive Weise zu erleben.

Herr Schmidt wusste, dass er noch viele weitere Abenteuer in der Natur erleben wollte, und er war sich sicher, dass er nie aufhören würde, die Schönheit der Natur zu bewundern und zu schätzen. Er hatte eine tiefe Wertschätzung für das Leben und für das, was es zu bieten hatte, gefunden. Und er wusste, dass er durch die Schönheit der Natur noch viele glückliche und erfüllte Momente erleben würde.

Ein Tag im Zoo

Frau Meier hatte schon immer eine Leidenschaft für Tiere. Als sie hörte, dass der örtliche Zoo erweitert wurde, konnte sie es kaum erwarten, ihn zu besuchen.

An einem sonnigen Tag machte sich Frau Meier auf den Weg zum Zoo. Sie hatte eine Kamera und ein Notizbuch dabei, um ihre Beobachtungen festzuhalten. Als sie durch das Eingangstor trat, war sie überwältigt von der Vielfalt der Tiere und der Schönheit der Anlage.

Sie begann ihre Tour im Aquarium und war fasziniert von den bunten Fischen und den majestätischen Haien. Dann ging sie zu den Affen und beobachtete, wie sie spielten und sich gegenseitig pflegten.

Frau Meier konnte nicht anders, als zu lächeln und die Freude der Tiere zu spüren.

Als Nächstes besuchte sie die Löwen und die Elefanten, die so majestätisch und erhaben waren. Sie war beeindruckt von ihrer Kraft und Schönheit. Frau Meier machte viele Fotos und notierte ihre Beobachtungen in ihrem Notizbuch.

Während sie weiter durch den Zoo wanderte, entdeckte sie viele andere Tiere und beobachtete, wie sie sich bewegten und interagierten. Sie konnte das Glück und die Freude spüren, die diese Tiere ausstrahlten, und sie fühlte sich selbst so glücklich und erfüllt.

Als der Tag zu Ende ging und der Zoo sich schloss, war Frau Meier glücklich und zufrieden. Sie hatte einen wundervollen Tag im Zoo verbracht und konnte es kaum erwarten, zurückzukehren und noch mehr zu entdecken. Sie wusste, dass sie durch den Besuch des Zoos und durch die Beobachtung der Tiere eine tiefere Wertschätzung für die Natur und für das Leben selbst gefunden hatte.

Die Reise ins Ungewisse

Frau Schneider war eine rüstige Rentnerin, die sich in ihrem Leben immer an Pläne und Routinen gehalten hatte. Eines Tages beschloss sie jedoch, dass es an der Zeit war, etwas Abenteuer in ihr Leben zu bringen. Sie packte ihre Tasche und machte sich auf eine Reise ins Ungewisse.

Zunächst war Frau Schneider unsicher, wohin die Reise gehen sollte. Sie kaufte eine Karte und ließ ihr Herz entscheiden. Schließlich entschied sie sich für eine Stadt am Meer, die sie noch nie zuvor besucht hatte.

Die Reise war nicht einfach für Frau Schneider. Sie musste mit öffentlichen Verkehrsmitteln reisen, in einem fremden Hotel übernachten und sich in einer unbekannten Stadt zurechtfinden. Aber sie war entschlossen, sich nicht unterkriegen zu lassen.

Als sie schließlich in der Stadt ankam, fand sie schnell Gefallen an ihrem Reiseziel. Sie spazierte am Strand entlang, erkundete die Gassen und probierte lokale Spezialitäten. Sie traf andere Reisende und Einheimische und hatte viele interessante Gespräche.

Eines Tages traf sie einen älteren Herrn namens Herr Schmidt. Er erzählte ihr von einem geheimen Garten am Rande der Stadt, den nur wenige Menschen kannten. Frau Schneider wurde neugierig und beschloss, den Garten zu besuchen.

Als sie den Garten erreichte, war sie überwältigt von seiner Schönheit. Es gab bunte Blumen, exotische Pflanzen und einen Teich mit goldfarbenen Fischen. Sie fühlte sich glücklich und frei und wusste, dass diese Reise ins Ungewisse die beste Entscheidung ihres Lebens gewesen war.

Als Frau Schneider zurückkehrte, erzählte sie ihren Freunden und ihrer Familie von ihrer Reise. Sie sagte ihnen, dass sie gelernt hatte, dass es im Leben wichtig war, auch mal aus der Komfortzone auszubrechen und das Ungewisse zu wagen. Sie beschloss, dass sie in Zukunft öfter auf Reisen gehen würde, um neue Orte und Menschen kennenzulernen. Sie war glücklich und erfüllt und wusste, dass diese Reise ihr Leben verändert hatte.

Das Leben auf dem Land

Frau Meier war eine ältere Dame, die ihr ganzes Leben in der Stadt verbracht hatte. Eines Tages beschloss sie, dem Trubel der Stadt zu entfliehen und auf das Land zu ziehen. Sie hatte immer davon geträumt, in einem kleinen Häuschen mit Garten zu leben, wo sie sich um Tiere und Pflanzen kümmern konnte.

Als sie das kleine Häuschen fand, war es Liebe auf den ersten Blick. Es war genau das, was sie gesucht hatte. Sie zog ein und begann, ihr Leben auf dem Land zu genießen.

Die Arbeit auf dem Land war hart, aber Frau Meier fand Freude in jeder Aufgabe. Sie kümmerte sich um ihre Hühner, Schweine und Kühe und pflanzte Obst und Gemüse in ihrem Garten an. Sie lernte, wie man Marmelade machte und wie man Wurst herstellte. Sie hatte endlich Zeit, Dinge zu tun, die ihr wirklich wichtig waren.

Frau Meier fand auch neue Freunde auf dem Land. Sie traf ihre Nachbarn, die ihr halfen, sich in der Gegend zurechtzufinden und ihr zeigten, wie man traditionelle Gerichte zubereitet. Sie besuchte die örtliche Kirche und wurde Teil der Gemeinschaft.

Eines Tages entschied sie sich, ein kleines Fest zu veranstalten, um sich bei ihren neuen Freunden zu bedanken. Sie lud alle ihre Nachbarn und Freunde ein und bereitete ein Festessen vor. Es gab Wurst, Kartoffeln, Brot und hausgemachte Marmelade. Alle waren begeistert von dem Essen und dem Ambiente, das Frau Meier geschaffen hatte.

Als das Fest vorbei war, fühlte sich Frau Meier glücklicher und erfüllter als je zuvor. Sie hatte endlich das Leben gefunden, von dem sie immer geträumt hatte. Sie genoss jeden Tag auf dem Land und war dankbar für all die neuen Freunde und Erfahrungen, die sie gemacht hatte.

Der Besuch des Enkels

Frau Müller saß in ihrem Sessel und sah aus dem Fenster. Es war ein sonniger Tag und sie beobachtete, wie die Vögel auf den Bäumen vor ihrem Haus herumhüpften. Doch trotz des schönen Wetters fühlte sie sich einsam und vermisste ihre Familie.

Plötzlich klingelte es an der Tür. Frau Müller erhob sich langsam und öffnete die Tür. Vor ihr stand ihr Enkel Felix, der sie überraschend besuchte. Frau Müller war überglücklich und umarmte ihn herzlich.

Felix hatte schon lange nicht mehr bei seiner Oma vorbeigeschaut. Er erzählte ihr von seinen Erlebnissen und zeigte ihr Fotos von seinem letzten Urlaub. Frau Müller lauschte aufmerksam und lachte über die lustigen Geschichten.

Gemeinsam gingen sie in den Garten und verbrachten den Tag damit, Tee zu trinken, Kuchen zu essen und über alte Zeiten zu reden. Frau Müller erzählte von ihren eigenen Erlebnissen als junge Frau und Felix lauschte gebannt.

Als es langsam dunkel wurde, brachte Felix seine Oma zurück ins Haus und half ihr beim Abendessen. Sie unterhielten sich weiter und lachten gemeinsam über die neuesten Witze.

Als es Zeit für Felix war, zu gehen, umarmte er seine Oma noch einmal und versprach, bald wieder vorbeizuschauen. Frau Müller war überglücklich und fühlte sich endlich wieder richtig lebendig.

In den nächsten Wochen riefen sie sich oft an und erzählten sich von ihren Erlebnissen. Frau Müller fühlte sich nicht mehr so einsam und freute sich jedes Mal auf den nächsten Besuch ihres Enkels.

Das Besuchen ihrer Oma wurde für Felix zur wöchentlichen Routine und für Frau Müller zu einem Glücksmoment, der ihr Leben bereicherte. Sie genossen gemeinsam die Zeit, die sie miteinander verbrachten und schmiedeten Pläne für weitere gemeinsame Erlebnisse.

Das war der Beginn einer neuen und wundervollen Beziehung zwischen Oma und Enkel. Eine Beziehung, die für beide unendlich viel Freude, Glück und Spannung bereithielt.

Die Liebe im Alter

Frau Berger lebte alleine in ihrem Haus am Rande der Stadt. Sie war schon lange verwitwet und hatte seit dem Tod ihres Mannes niemanden mehr an ihrer Seite. Obwohl sie eine starke und unabhängige Frau war, fühlte sie sich oft einsam und vermisste die Nähe eines Partners.

Eines Tages traf Frau Berger im Supermarkt auf Herrn Schmitt, einen Witwer aus ihrer Nachbarschaft. Sie kannten sich flüchtig vom Sehen, hatten aber noch nie wirklich miteinander gesprochen. Doch irgendwie fielen sie ins Gespräch und es stellte sich heraus, dass sie viele gemeinsame Interessen hatten.

In den folgenden Wochen trafen sie sich öfter zufällig im Supermarkt oder beim Spaziergang im Park. Sie begannen, sich näher kennenzulernen und fanden schnell heraus, dass sie sich gut verstanden.

Eines Tages lud Herr Schmitt Frau Berger zum Kaffee ein. Sie war nervös und aufgeregt, aber auch neugierig auf das, was kommen würde. Bei Kaffee und Kuchen verbrachten sie Stunden damit, sich zu unterhalten und sich besser kennenzulernen.

Als der Abend kam, verabschiedeten sie sich und Frau Berger spürte, dass etwas Besonderes zwischen ihnen entstanden war. In den folgenden Wochen trafen sie sich regelmäßig und lernten immer mehr voneinander.

Sie gingen zusammen spazieren, besuchten Museen und Konzerte und verbrachten sogar gemeinsam Weihnachten. Ihre Liebe füreinander wuchs stetig und sie fühlten sich endlich wieder vollständig.

Es gab Momente der Unsicherheit und Zweifel, aber sie wussten, dass sie einander brauchten und dass ihre Liebe stark genug war, um alle Herausforderungen zu meistern.

Und so verbrachten sie glückliche Jahre miteinander, in denen sie gemeinsam die Welt entdeckten und die schönen Seiten des Lebens genossen. Sie unterstützten sich gegenseitig in schwierigen

Momenten und wussten, dass sie einander immer zur Seite stehen würden.

Im Alter von über 80 Jahren feierten sie ihre Hochzeit, um ihre Liebe füreinander zu besiegeln. Sie waren das perfekte Beispiel dafür, dass es nie zu spät ist, die Liebe des Lebens zu finden. Für Frau Berger und Herrn Schmitt war es ein glückliches Ende einer wunderbaren Liebesgeschichte, die im Alter ihren Anfang nahm.

Die Reise in die Vergangenheit

Frau Schmidt war bereits über 80 Jahre alt und hatte ein erfülltes Leben hinter sich. Doch es gab eine Sache, die sie ihr ganzes Leben lang beschäftigte: Ihre Jugendliebe Thomas. Sie hatten sich in den 50er Jahren kennengelernt, als sie beide noch jung und unbeschwert waren. Sie verbrachten eine unvergessliche Zeit miteinander, aber am Ende trennten sich ihre Wege, als Thomas eine Stelle in Übersee annahm.

Frau Schmidt hatte seitdem nie wieder von ihm gehört, aber sie konnte ihn nie vergessen. Sie dachte oft an ihn und fragte sich, wie es ihm wohl ergangen war und ob er noch lebte.

Eines Tages, als sie auf dem Dachboden alte Erinnerungsstücke durchschaute, stieß sie auf einen alten Brief von Thomas. Er war nie angekommen, weil sie zu dem Zeitpunkt bereits umgezogen war. Der Brief enthielt eine Einladung, ihn in Übersee zu besuchen.

Frau Schmidt war aufgeregt und beschloss, diese Einladung anzunehmen. Mit Hilfe ihrer Enkelin organisierte sie die Reise und machte sich auf den Weg.

Als sie ankam, war Thomas überwältigt von ihrer Ankunft. Sie verbrachten eine unvergessliche Woche miteinander, in der sie die vergangenen Jahre aufarbeiteten und sich über ihr Leben austauschten.

Es war eine Reise in die Vergangenheit, aber es fühlte sich an, als ob die Zeit stehen geblieben war. Frau Schmidt und Thomas entdeckten, dass sie immer noch viel füreinander empfanden und beschlossen, dass sie sich in Kontakt halten würden.

Zurück in ihrer Heimatstadt fühlte sich Frau Schmidt wie ein anderer Mensch. Sie hatte ihre Vergangenheit endlich aufgearbeitet und wusste, dass sie sich keine Sorgen mehr um Thomas machen musste. Sie hatte endlich Frieden mit ihrer Vergangenheit gefunden.

Und so verbrachte sie ihre letzten Jahre glücklich und zufrieden, wissend, dass sie ihre Jugendliebe endlich wiedergefunden hatte und dass er immer noch ein wichtiger Teil ihres Lebens war. Es war eine Reise in die Vergangenheit, die ihr Leben veränderte und ihr ein neues Gefühl von Freiheit und Glück gab.

Ein Tag am Strand

Es war ein sonniger Tag im Spätsommer, als Frau Meier beschloss, an den Strand zu fahren. Sie war schon immer gerne am Meer gewesen, aber in letzter Zeit hatte sie das Gefühl, dass sie sich zu selten Zeit für solche Dinge nahm.

Als sie am Strand ankam, breitete sie ihre Decke aus und setzte sich in den Sand. Sie schaute auf das ruhige Meer und atmete tief ein. Es war ein ruhiger und friedlicher Moment, in dem sie alle Sorgen und Ängste vergessen konnte.

Doch plötzlich hörte sie eine vertraute Stimme hinter sich. Es war ihr ehemaliger Schulfreund, Herr Müller, den sie seit Jahren nicht mehr gesehen hatte. Sie waren in der Schule unzertrennlich gewesen, hatten aber nach ihrem Abschluss ihre Wege getrennt.

Sie unterhielten sich stundenlang und erzählten sich von ihrem Leben in den letzten Jahren. Herr Müller erzählte ihr von seiner Frau und seinen Enkelkindern, während Frau Meier von ihren Reisen und Abenteuern berichtete.

Es war ein wunderschöner Tag am Strand, an dem sie sich wie zwei Jugendliche fühlten, die gerade erst mit dem Leben begonnen hatten. Sie lachten und genossen das wundervolle Wetter, das rauschende Meer und die unbeschwerte Atmosphäre.

Als der Tag zu Ende ging, verabschiedeten sie sich und versprachen, in Kontakt zu bleiben. Frau Meier war glücklich, dass sie Herrn Müller getroffen hatte und dass sie sich wieder einmal an alte Zeiten erinnern konnte.

Sie kehrte nach Hause zurück, mit dem Wissen, dass es nie zu spät ist, alte Freundschaften wieder aufleben zu lassen und dass es immer noch so viele Abenteuer zu erleben gibt, wenn man bereit ist, sich darauf einzulassen.

Und so beschloss sie, öfter an den Strand zu fahren und das Leben zu genießen, auch im Alter.

Die Abenteuer des Alltags

Herr Müller war schon immer ein Abenteurer gewesen, doch seit er in Rente gegangen war, hatte er das Gefühl, dass ihm die Abenteuer des Alltags fehlten. Er hatte viel gereist und viele Länder besucht, aber nun sehnte er sich nach etwas Neuem, etwas Aufregendem und doch Vertrautem.

Eines Tages beschloss er, den Alltag als Abenteuer zu betrachten und sich auf die kleinen Dinge im Leben zu konzentrieren. Er begann, neue Orte in seiner Stadt zu erkunden, neue Restaurants zu besuchen und neue Hobbys zu entdecken.

Er ging zum Beispiel in den örtlichen Park und beobachtete die Vögel und Eichhörnchen, er besuchte das Museum und las Bücher über Geschichte und Kultur. Er begann auch, regelmäßig Yoga zu machen und Freunde zum Kaffee einzuladen, um gemeinsam zu reden und zu lachen.

Eines Tages traf er beim Spaziergang im Park eine junge Frau namens Sophie. Sie war Künstlerin und hatte eine Ausstellung in der Stadt. Sie unterhielten sich stundenlang über Kunst, Musik und das Leben im Allgemeinen.

Sophie zeigte ihm ihre Kunstwerke und Herr Müller war begeistert von ihrer Kreativität und ihrem Talent. Sie lud ihn ein, mit ihr an einem Projekt zu arbeiten und so begannen sie, gemeinsam Kunstwerke zu schaffen.

Die Abenteuer des Alltags hatten Herrn Müller zurückgebracht zu seiner Leidenschaft für das Leben und seine Neugierde auf das, was ihm begegnen würde. Er hatte nicht mehr das Gefühl, dass er in Rente war, sondern dass er ein neues Kapitel in seinem Leben begonnen hatte, voller Entdeckungen und Freude.

Und so lernte er, dass Abenteuer nicht immer große Reisen oder spektakuläre Ereignisse sein müssen, sondern dass das Leben selbst voller Abenteuer steckt, wenn man bereit ist, sie zu entdecken und zu genießen.

Die Macht der Musik

Frau Schneider hatte ihr ganzes Leben lang Musik geliebt. Sie spielte Klavier und sang in einem Chor, aber im Alter hatte sie aufgrund von gesundheitlichen Problemen Schwierigkeiten, ihre Leidenschaft auszuüben.

Eines Tages hörte sie einen jungen Musiker auf der Straße spielen. Seine Stimme und sein Gitarrenspiel waren so beeindruckend, dass Frau Schneider nicht anders konnte, als zuzuhören. Der Musiker, Max, hatte eine unglaubliche Energie und Leidenschaft für die Musik, die Frau Schneider sofort an ihre eigene Liebe zur Musik erinnerte.

Sie fragte ihn, ob er ihr Unterricht geben könnte, und er willigte ein. Max zeigte ihr neue Techniken und Lieder, die sie noch nie zuvor gehört hatte. Mit seiner Hilfe lernte Frau Schneider, ihre Fähigkeiten auf dem Klavier zu verbessern und neue Lieder zu singen.

Sie trafen sich regelmäßig und spielten zusammen. Die Musik brachte sie zum Lachen, zum Weinen und zum Tanzen. Frau Schneider fühlte sich wieder jung und voller Energie, wenn sie die Töne der Musik spürte.

Als sie ihre neue Leidenschaft mit Freunden und der Familie teilte, erkannten sie, wie glücklich und lebendig sie wieder geworden war. Die Musik hatte eine unglaubliche Macht, um ihr Leben zu verändern und ihre Freude zu bringen.

Max und Frau Schneider traten gemeinsam in einem lokalen Konzert auf und begeisterten das Publikum mit ihrer Leidenschaft und ihrer Musik. Für Frau Schneider war es ein unvergesslicher Moment, und sie war dankbar, dass sie durch die Macht der Musik eine neue Leidenschaft gefunden hatte, die ihr Leben bereichert hatte.

Der Ausflug in die Stadt

Frau Berger hatte seit Jahren nicht mehr das Gefühl gehabt, dass sie richtig in der Stadt gewesen war. Sie hatte immer in einem kleinen Dorf gelebt und selten die Chance gehabt, die Großstadt zu besuchen. Doch an diesem Tag war es endlich so weit. Gemeinsam mit ihren Freunden hatte sie einen Ausflug in die Stadt geplant.

Frau Berger war aufgeregt, aber auch ein wenig ängstlich. Die Stadt war so groß und belebt, und sie hatte Angst, dass sie sich verirren könnte. Doch ihre Freunde waren immer an ihrer Seite und halfen ihr, sich zurechtzufinden.

Sie besuchten Museen, Parks und Restaurants und genossen das bunte Treiben der Stadt. Frau Berger war begeistert von der Vielfalt und der Energie der Stadt. Überall gab es etwas zu entdecken und zu erleben.

Als sie durch die Straßen schlenderten, hörten sie plötzlich die Klänge von Musik. Eine Gruppe junger Musiker spielte auf der Straße und zog eine Menge Menschen an. Frau Berger und ihre Freunde gesellten sich dazu und begannen zu tanzen. Es war ein unbeschreibliches Gefühl, mit wildfremden Menschen zu tanzen und zu lachen.

Als der Tag zu Ende ging, waren alle erschöpft, aber auch glücklich und erfüllt von den neuen Erfahrungen. Frau Berger hatte das Gefühl, dass sie endlich wieder am Leben teilgenommen hatte und sich wieder jung und energiegeladen fühlte.

Von diesem Tag an besuchten sie regelmäßig die Stadt und genossen jede Minute. Es war ein wunderbares Abenteuer, das sie nicht vergessen würden.

Die Entdeckung des Unbekannten

Herr Müller hatte schon immer ein Faible für Abenteuer. Als er eine geheimnisvolle Landkarte fand, die zu einem verborgenen Schatz führte, konnte er sein Glück kaum fassen. Er hatte schon als Kind davon geträumt, auf Schatzsuche zu gehen, aber niemals gedacht, dass er diese Chance noch bekommen würde.

Gemeinsam mit seinen Freunden machte er sich auf den Weg, um den Schatz zu finden. Sie durchquerten Wälder, wanderten über Berge und folgten dem Fluss bis zu einem versteckten Tal. Der Weg war beschwerlich und anstrengend, aber sie waren entschlossen, den Schatz zu finden.

Als sie schließlich das Tal erreichten, sahen sie einen verfallenen Turm, der auf einer Anhöhe stand. Herr Müller spürte, dass sie dort den Schatz finden würden. Sie stiegen die steilen Stufen hinauf und entdeckten im Inneren des Turms eine geheime Kammer.

Dort fanden sie eine Kiste voller Goldmünzen und Edelsteine. Herr Müller konnte sein Glück kaum fassen. Die Freude seiner Freunde war genauso groß wie seine eigene.

Doch es war nicht nur der Schatz, der sie glücklich machte. Es war die Entdeckung des Unbekannten, die sie belebte und ihre Abenteuerlust weckte. Sie hatten das Gefühl, dass das Leben noch so viel zu bieten hatte, und dass sie noch viele Entdeckungen machen konnten.

Der Rückweg war leichter, und sie genossen jeden Augenblick des Abenteuers. Herr Müller und seine Freunde waren glücklich und dankbar, dass sie diese Erfahrung gemeinsam teilen konnten. Sie beschlossen, noch viele weitere Abenteuer zu erleben, und wussten, dass das Leben noch viele Überraschungen für sie bereithielt.

Die Schönheit der Kunst

Frau Schneider hatte sich schon immer für Kunst begeistert. Jedes Mal, wenn sie in einer Galerie oder einem Museum war, fühlte sie sich wie in einer anderen Welt. Sie liebte es, die Schönheit der Kunstwerke zu bewundern und sich von ihnen inspirieren zu lassen.

Eines Tages hörte sie von einer Ausstellung, die in der Stadt stattfand. Es war eine Retrospektive des berühmten Künstlers Max Klinger. Frau Schneider konnte ihr Glück kaum fassen. Max Klinger war einer ihrer Lieblingskünstler, und sie hatte immer davon geträumt, seine Werke einmal in einer Ausstellung zu sehen.

Sie lud ihre Freundinnen ein, mit ihr zur Ausstellung zu gehen. Sie hatten alle ein gemeinsames Interesse an Kunst und waren gespannt darauf, die Werke von Max Klinger zu sehen.

Als sie in der Ausstellung ankamen, waren sie überwältigt von der Schönheit der Kunstwerke. Die Farben, die Formen und die Texturen der Gemälde und Skulpturen faszinierten sie. Sie waren so vertieft in die Kunst, dass sie die Zeit vergaßen und stundenlang in der Ausstellung verbrachten.

Als sie schließlich nach draußen gingen, fühlten sie sich erfüllt und glücklich. Sie hatten eine neue Wertschätzung für die Schönheit der Kunst und ihre Fähigkeit, Emotionen zu wecken, gefunden. Sie erkannten, dass Kunst nicht nur eine Dekoration für die Wände war, sondern eine Möglichkeit, das Leben zu bereichern und die Welt um uns herum zu verstehen.

Frau Schneider und ihre Freundinnen waren dankbar für dieses Erlebnis. Sie beschlossen, öfter gemeinsam Kunstausstellungen zu besuchen und ihre Leidenschaft für Kunst zu teilen. Sie wussten, dass die Schönheit der Kunst ihnen noch viele glückliche Momente bescheren würde.

Der Besuch beim Arzt

Frau Meier war schon seit Jahren nicht mehr beim Arzt gewesen. Sie fühlte sich gesund und vital und hatte keine Beschwerden. Doch ihr Sohn hatte ihr geraten, regelmäßig eine Vorsorgeuntersuchung zu machen. "Man weiß nie, was im Körper vor sich geht", hatte er gesagt.

Frau Meier beschloss, seinen Rat zu befolgen, und machte einen Termin beim Arzt. Sie war nervös, denn sie hatte noch nie zuvor eine Vorsorgeuntersuchung gemacht. Sie hatte Angst, dass der Arzt etwas finden könnte, das sie nicht erwartet hatte.

Als sie in der Praxis ankam, wurde sie von einer freundlichen Arzthelferin begrüßt. Sie fühlte sich ein wenig beruhigt und entspannte sich, als sie in das Sprechzimmer des Arztes gerufen wurde.

Der Arzt, Herr Dr. Müller, stellte sich vor und fragte Frau Meier nach ihrem Befinden. Er untersuchte sie gründlich und machte einige Tests. Frau Meier fühlte sich gut aufgehoben und in guten Händen.

Nach der Untersuchung sagte Dr. Müller zu ihr: "Frau Meier, ich kann Ihnen mit Freude mitteilen, dass Sie in bester Gesundheit sind. Es gibt keine Anzeichen von Krankheit oder irgendwelchen Problemen. Sie können beruhigt sein."

Frau Meier konnte ihr Glück kaum fassen. Sie war so erleichtert und dankbar. Sie hatte sich so viele Sorgen gemacht und war nun erleichtert zu erfahren, dass alles in Ordnung war.

Sie bedankte sich bei Dr. Müller und verließ die Praxis mit einem Lächeln im Gesicht. Sie wusste, dass sie in Zukunft regelmäßig zum Arzt gehen würde, um ihre Gesundheit zu erhalten. Sie hatte gelernt, dass es wichtig war, sich um sich selbst zu kümmern und auf seinen Körper zu achten. Sie war dankbar für diesen Besuch beim Arzt und das Gefühl, dass alles in Ordnung war.

Die Herausforderungen des Lebens

In einer kleinen Stadt lebte eine Gruppe von Senioren, die sich regelmäßig im örtlichen Gemeindezentrum trafen, um gemeinsam ihre Freizeit zu verbringen. Es war eine fröhliche Runde, die sich gegenseitig unterstützte und füreinander da war.

Eines Tages beschlossen sie, gemeinsam eine Wanderung in die nahegelegenen Berge zu unternehmen. Die meisten von ihnen waren schon lange nicht mehr gewandert, aber sie waren bereit für eine neue Herausforderung. Die Vorfreude war groß und sie bereiteten sich gut vor.

Die Wanderung war anstrengend, aber sie waren von der wunderschönen Natur und den atemberaubenden Ausblicken begeistert. Sie halfen sich gegenseitig und ermutigten sich immer weiterzugehen.

Als sie den Gipfel erreichten, setzten sie sich erschöpft auf einen Felsen und genossen den Blick auf die Landschaft. Es war ein besonderer Moment, der sie alle miteinander verband.

Plötzlich begann es zu regnen und sie mussten sich beeilen, den Berg wieder hinabzusteigen. Es war schwieriger als gedacht, da der Pfad rutschig und gefährlich war. Doch sie schafften es gemeinsam und waren stolz auf ihre Leistung.

Zurück im Gemeindezentrum saßen sie zufrieden zusammen und erzählten sich von ihren Erfahrungen. Sie waren sich einig, dass das Leben Herausforderungen bereithält, aber es lohnt sich, sie anzunehmen und gemeinsam zu meistern.

Sie beschlossen, sich noch viele weitere Abenteuer vorzunehmen und gemeinsam die Herausforderungen des Lebens anzugehen. Denn sie wussten: Zusammen können sie alles schaffen.

Der Traum vom Fliegen

Herr Müller saß auf seiner Veranda und beobachtete den Himmel. Er erinnerte sich an seinen Traum, den er als junger Mann hatte, vom Fliegen. Doch mit dem Alter schien dieser Traum unerreichbar zu sein. Seine Augen waren nicht mehr so scharf, seine Knochen nicht mehr so flexibel und sein Herz nicht mehr so stark wie damals. Aber dennoch konnte er nicht aufhören, davon zu träumen.

Eines Tages beschloss Herr Müller, seinem Traum ein Stück näher zu kommen und meldete sich für einen Gleitschirmkurs an. Obwohl er sich anfangs unsicher fühlte, war er von der Faszination des Fliegens begeistert. Mit jedem Flug wurde er mutiger und selbstbewusster.

Eines Tages, während eines Fluges, bemerkte Herr Müller, dass er nicht mehr alleine flog. Ein junger Falke flog neben ihm und begleitete ihn auf seiner Reise. Herr Müller konnte das Glück und die Freude kaum fassen. Der Falke blieb bei ihm, bis er sicher gelandet war.

Seit diesem Tag flog Herr Müller regelmäßig und jedes Mal begleitete ihn der Falke auf seiner Reise. Herr Müller fühlte sich frei wie ein Vogel und war dankbar für die Erfüllung seines Traums.

Eines Tages lud er seine Enkelkinder ein und zeigte ihnen, wie er durch die Luft gleiten konnte. Die Enkelkinder sahen ihren Großvater mit Bewunderung an und waren beeindruckt von seiner Stärke und Entschlossenheit.

Herr Müller hatte gelernt, dass es nie zu spät ist, seine Träume zu verwirklichen. Auch im hohen Alter gibt es noch so viel zu entdecken und zu erleben. Das Leben ist eine Reise, die nie endet und Herr Müller hatte gelernt, jede Herausforderung als Chance zu sehen und immer weiterzumachen, egal wie alt man ist.

Die Reise in die Ferne

Marianne hatte schon immer den Traum, die Welt zu bereisen. Als sie jung war, konnte sie sich das jedoch nicht leisten und später hatte sie als alleinstehende Rentnerin niemanden, der mit ihr reisen wollte. Doch jetzt hatte sie beschlossen, ihren Traum zu verwirklichen, bevor es zu spät war.

Also machte sich Marianne auf den Weg zu ihrem örtlichen Reisebüro und buchte eine Reise in die Ferne. Sie hatte sich für eine Kreuzfahrt durch den Pazifik entschieden, bei der sie zahlreiche exotische Orte besuchen würde.

Als der Tag der Abreise gekommen war, fühlte Marianne sich aufgeregt und ein wenig nervös. Doch als sie an Bord des Schiffes ging und die freundliche Crew und die anderen Passagiere traf, fühlte sie sich sofort wohl.

Die Tage vergingen und Marianne besuchte unglaubliche Orte, von denen sie nie zuvor gehört hatte. Sie sah kristallklare Gewässer, weiße Sandstrände und farbenfrohe Korallenriffe. Sie machte neue Freunde und genoss das Leben an Bord des Schiffes.

Doch es gab auch Herausforderungen, wie zum Beispiel als sie sich bei einer Wanderung verlaufen hatte und am Ende vom Rettungsdienst zurück zum Schiff gebracht werden musste. Doch selbst in schwierigen Situationen fand Marianne immer wieder die Kraft, sich zu freuen und positiv zu bleiben.

Schließlich kehrte Marianne von ihrer Reise in die Ferne zurück, reich an neuen Erfahrungen und Erinnerungen. Sie hatte gelernt, dass das Leben voller Überraschungen und Herausforderungen ist, aber auch voller Freude und Schönheit, wenn man sich darauf einlässt und es mit offenem Herzen und Neugierde erlebt. Und wer weiß, vielleicht würde sie bald schon wieder ihre nächste Reise planen.

Die Erinnerungen an vergangene Zeiten

Es war ein sonniger Nachmittag im Herbst, als Herr Schmidt in seinem Lieblingssessel saß und in alten Fotoalben blätterte. Er erinnerte sich an vergangene Zeiten und an all die wunderbaren Erlebnisse, die er in seinem Leben hatte. Doch dann fiel ihm ein Foto ins Auge, das ihn auf eine ganz besondere Art und Weise berührte. Es zeigte ihn als jungen Mann zusammen mit seiner Frau, die leider vor einigen Jahren verstorben war. Sie standen vor einem großen Schloss in Frankreich, wo sie ihre Flitterwochen verbracht hatten.

Herr Schmidt beschloss spontan, noch einmal dorthin zu reisen und sich an die gemeinsame Zeit mit seiner Frau zu erinnern. Er plante alles bis ins kleinste Detail und fuhr schließlich mit dem Zug nach Frankreich. Als er am Schloss ankam, spürte er sofort eine tiefe Verbundenheit zu diesem Ort und erzählte den anderen Besuchern von seinen Erinnerungen.

Doch dann geschah etwas Unglaubliches. Als er durch die Gänge des Schlosses wandelte, hörte er plötzlich eine Stimme, die ihm sehr vertraut vorkam. Er folgte ihr und fand sich schließlich vor einer alten Tür wieder. Als er sie öffnete, sah er seine Frau in einem Raum sitzen, umgeben von all ihren Lieblingsdingen.

Sie erzählte ihm, dass sie nicht wirklich tot sei, sondern in einer Art Parallelwelt lebe. Sie hatte auf ihn gewartet, um noch einmal gemeinsam durch die Zeit zu reisen und all die Erinnerungen aufleben zu lassen. Herr Schmidt konnte es kaum glauben, aber er wusste, dass dies eine Chance war, die er nicht verpassen durfte.

So verbrachten sie einige wunderbare Tage zusammen und besuchten alle Orte, an denen sie einst ihre Flitterwochen verbracht hatten. Sie lachten, weinten und erzählten sich Geschichten aus ihrer gemeinsamen Vergangenheit. Es war eine Zeit voller Freude und Glück, und Herr Schmidt war unendlich dankbar für dieses Geschenk.

Am Ende musste er sich von seiner Frau verabschieden und wieder in die Realität zurückkehren. Doch er wusste, dass er sie nie vergessen würde und dass sie immer in seinem Herzen bleiben würde. Er kehrte nach Hause zurück, mit einer Fülle an Erinnerungen und einem tiefen Gefühl der Dankbarkeit für all die wunderbaren Jahre, die er mit seiner Frau verbracht hatte.

Der Besuch im Museum

Frau Schröder hatte schon lange den Wunsch, das Museum ihrer Stadt zu besuchen. Schon als Kind hatte sie davon geträumt, aber in ihrer Jugend hatte sie nie die Möglichkeit dazu gehabt. Jetzt, im Rentenalter, wollte sie sich diesen Traum endlich erfüllen.

Als sie im Museum angekommen war, fühlte sie sich sofort wie in einer anderen Welt. Die Gemälde und Skulpturen beeindruckten sie zutiefst. Sie erinnerten sie an ihre Kindheit, als sie selbst gerne gemalt hatte.

Frau Schröder wanderte von Raum zu Raum und betrachtete jedes Kunstwerk mit großer Bewunderung. Dabei traf sie auf einen älteren Herrn, der ebenfalls alleine das Museum besuchte. Sie kamen ins Gespräch und merkten schnell, dass sie eine gemeinsame Leidenschaft für Kunst hatten. Der Herr erklärte ihr die Hintergründe einiger Werke und sie teilten ihre Eindrücke.

Nachdem sie alle Ausstellungsräume besichtigt hatten, setzten sich Frau Schröder und der Herr in das Museumscafé. Dort erzählten sie sich von ihren Lebensgeschichten und lachten über vergangene Erlebnisse. Frau Schröder spürte, wie sich ihre Einsamkeit langsam löste und sie eine neue Verbindung zu einem anderen Menschen aufbaute.

Als sie sich schließlich voneinander verabschiedeten, wusste Frau Schröder, dass sie nicht nur das Museum besucht hatte, sondern auch einen wunderbaren Menschen kennengelernt hatte. Der Tag hatte ihr nicht nur neue Erkenntnisse über Kunst und Geschichte gebracht, sondern auch Freude und Glück durch eine unerwartete Begegnung.

Der Alltag im Pflegeheim

Die Sonne scheint hell durch das Fenster des Pflegeheims und lässt den Raum in warmem Licht erstrahlen. In einer Ecke sitzt Frau Müller, eine Bewohnerin des Heims, und schaut traurig aus dem Fenster. Sie denkt an die Zeiten zurück, als sie noch selbstständig war und alles tun konnte, was sie wollte. Jetzt fühlt sie sich einsam und eingesperrt.

Plötzlich betritt eine Gruppe von Freiwilligen das Heim und beginnt, mit den Bewohnern zu sprechen und Aktivitäten anzubieten. Frau Müller ist skeptisch, aber ihr Interesse wird geweckt, als sie hört, dass sie an einem Musik-Workshop teilnehmen können.

Die Freiwilligen bringen Instrumente und beginnen, Musik zu spielen. Frau Müller hört zu und wird von den Klängen mitgerissen.

Sie spürt, wie ihre Stimmung sich hebt und ihr Herz mit Freude erfüllt wird.

Als der Workshop zu Ende geht, ist Frau Müller überrascht, wie schnell die Zeit vergangen ist. Sie ist dankbar für das Erlebnis und fühlt sich inspiriert. Die Freiwilligen versprechen, bald wiederzukommen, und Frau Müller freut sich auf weitere Abenteuer im Pflegeheim.

Sie erkennt, dass auch im Alltag im Pflegeheim Freude und Glück zu finden sind, wenn man offen für neue Erfahrungen ist und sich auf das Positive konzentriert. Die Musik hat ihr gezeigt, dass das Leben auch im hohen Alter noch voller Überraschungen und Freude sein kann.

Die Erlebnisse im Garten

Es war ein sonniger Tag im Frühling und die Bewohner des Altersheims hatten beschlossen, den Tag im Garten zu verbringen. Sie saßen auf bequemen Stühlen unter schattenspendenden Bäumen und genossen den warmen Sonnenschein. Einige von ihnen lasen ein Buch, andere unterhielten sich miteinander und wieder andere schauten den Vögeln zu, die durch den Garten flogen.

Als plötzlich eine der Bewohnerinnen, Frau Meier, aufstand und sagte: "Wisst ihr was? Ich möchte ein Beet anlegen und Gemüse anbauen!" Die anderen schauten sie überrascht an, aber bald stimmten sie alle begeistert zu.

Sie begannen sofort mit den Vorbereitungen und bald war das Beet bereit für das Pflanzen. Jeder Bewohner suchte sich eine Gemüsesorte aus, die er oder sie pflanzen wollte, und dann begann die Arbeit. Es wurde gegraben, gejätet und gegossen, und jeder half auf seine Weise.

Die Tage vergingen und das Beet begann zu wachsen. Die Bewohner beobachteten voller Freude, wie ihre Gemüsesorten größer und größer wurden. Und als die Erntezeit kam, waren alle aufgeregt. Sie pflückten die Tomaten, Gurken, Zucchini und Karotten und hatten alle Hände voll zu tun.

Am Abend versammelten sich alle im Speisesaal und genossen ein köstliches Gemüsegericht aus ihrer eigenen Ernte. Es war ein wundervolles Gefühl, etwas erschaffen und geerntet zu haben, und sie waren alle stolz auf sich.

Dieses Erlebnis im Garten hatte ihnen gezeigt, dass auch im Alter noch neue Abenteuer und Herausforderungen auf sie warten. Es war eine wertvolle Erfahrung, die ihnen Freude und Glück schenkte und ihnen zeigte, dass das Leben im Altersheim auch schöne Seiten hat.

Der Tag mit den Enkelkindern

In einem kleinen Dorf lebte eine alte Frau namens Hilde. Sie war schon in den Siebzigern und hatte ein erfülltes Leben hinter sich. Doch es gab etwas, was ihr fehlte - Enkelkinder. Hilde hatte keine eigenen Kinder und auch ihre Verwandtschaft lebte weit weg und hatte selbst keine Kinder. Doch Hilde gab die Hoffnung nicht auf, eines Tages Enkelkinder zu haben.

Eines Tages bekam Hilde einen Anruf von einer alten Bekannten, die sie seit vielen Jahren nicht mehr gesehen hatte. Die Bekannte hatte zwei Enkelkinder, die in der Nähe von Hilde lebten und gerne mal ihre Großtante besuchen wollten. Hilde freute sich unglaublich und plante sofort einen besonderen Tag mit den Enkelkindern.

Am Tag des Besuchs war Hilde aufgeregt wie ein kleines Kind. Sie bereitete ein Picknick vor und kaufte Süßigkeiten und kleine Geschenke für die Kinder. Als die Enkelkinder endlich ankamen, war Hilde überglücklich. Die Kinder waren begeistert von ihrer Großtante und genossen das gemeinsame Picknick im Garten.

Danach ging es auf eine kleine Wanderung in den nahegelegenen Wald. Hilde erzählte den Kindern Geschichten aus ihrer Kindheit und die Kinder hingen an ihren Lippen. Hilde genoss die Zeit mit den Enkelkindern und vergaß dabei völlig, wie alt sie eigentlich war. Die Kinder spielten, rannten herum und hatten eine Menge Spaß.

Als der Tag zu Ende ging, waren alle müde aber glücklich. Hilde sagte den Kindern, dass sie jederzeit wiederkommen dürfen und dass sie sich schon auf das nächste Treffen freut. Die Enkelkinder verabschiedeten sich herzlich und Hilde sah ihnen hinterher, bis sie aus dem Blickfeld verschwunden waren.

Hilde war so dankbar für diesen besonderen Tag mit den Enkelkindern. Sie hatte das Gefühl, dass ihr Leben wieder einen Sinn hatte und dass sie noch viel Freude und Glück erleben konnte, auch wenn sie schon älter war. Hilde wusste, dass sie diesen Tag nie vergessen würde und dass er ihr noch lange Freude und Glück bringen würde.

Die Begegnung mit neuen Menschen

Anna war seit vielen Jahren verwitwet und lebte alleine in ihrer Wohnung. Sie hatte schon lange den Wunsch, neue Menschen kennenzulernen und sich mit ihnen zu umgeben. Doch sie wusste nicht so recht, wie sie das anstellen sollte.

Eines Tages beschloss Anna, ihren Mut zusammenzunehmen und sich auf den Weg in die Stadt zu machen. Dort entdeckte sie eine Anzeige für eine Veranstaltung für Senioren, bei der man neue Leute kennenlernen konnte. Anna zögerte zunächst, aber dann überwand sie ihre Angst und entschied sich, an der Veranstaltung teilzunehmen.

Als sie dort ankam, wurde sie von einer netten Dame begrüßt, die sie herzlich willkommen hieß. Anna war erleichtert und begann, mit den anderen Teilnehmern ins Gespräch zu kommen. Sie lernte so viele verschiedene Menschen kennen, die alle eine interessante Geschichte zu erzählen hatten.

Besonders ins Auge fiel ihr ein älterer Herr namens Max. Max war schon seit vielen Jahren Rentner und hatte eine Menge erlebt. Anna und Max kamen ins Gespräch und es stellte sich heraus, dass sie gemeinsame Interessen hatten. Sie unterhielten sich stundenlang und Anna hatte das Gefühl, dass sie einen neuen Freund gefunden hatte.

Am Ende der Veranstaltung tauschten Anna und Max Telefonnummern aus und verabredeten sich, um in der nächsten Woche gemeinsam spazieren zu gehen. Anna war überglücklich und hatte das Gefühl, dass sich ihr Leben endlich wieder in eine positive Richtung entwickelte.

Die Woche verging schnell und bald war es Zeit für das Treffen mit Max. Anna war aufgeregt und machte sich auf den Weg zum vereinbarten Treffpunkt. Als sie Max sah, winkte er ihr fröhlich zu und sie wussten beide, dass es ein besonderer Tag werden würde.

Sie wanderten gemeinsam durch den Park, genossen die Natur und unterhielten sich über Gott und die Welt. Anna hatte das Gefühl, dass sie seit Jahren nicht mehr so glücklich gewesen war. Max war ein wahrer Schatz und sie hatte das Gefühl, dass sie ihn schon seit Jahren kannte.

Am Ende des Tages verabschiedeten sie sich herzlich und Anna wusste, dass sie sich bald wiedersehen würden. Sie war dankbar für die Begegnung mit Max und wusste, dass sie noch viele weitere spannende Menschen kennenlernen würde. Anna war glücklich und bereit, sich auf das Leben und all seine Möglichkeiten einzulassen.

Die Freude an der Natur

Hans war seit vielen Jahren ein begeisterter Naturfreund. Er liebte es, durch Wälder zu spazieren, Tiere zu beobachten und die

Schönheit der Natur zu genießen. Als er in Rente ging, hatte er endlich mehr Zeit, um seinen Hobbys nachzugehen.

Eines Tages beschloss Hans, einen Ausflug in die Berge zu machen. Er packte seine Wanderschuhe, seine Kamera und genügend Proviant ein und machte sich auf den Weg. Die Sonne schien, der Himmel war blau und Hans spürte, wie sich seine Laune von Minute zu Minute steigerte.

Als er die Berge erreichte, war er von der Schönheit der Landschaft überwältigt. Er wanderte durch Wälder, über Wiesen und entlang von Bächen. Die Luft war frisch und klar und Hans spürte, wie er sich von allen Sorgen und Problemen befreite.

Auf einmal hörte er ein seltsames Geräusch. Es klang wie ein Stöhnen oder Jammern. Hans folgte dem Geräusch und entdeckte einen verletzten Vogel am Boden. Er hob ihn auf und betrachtete ihn genauer. Der Vogel war wunderschön und Hans wusste, dass er ihm helfen musste.

Er entschied sich, den Vogel mit nach Hause zu nehmen und sich um ihn zu kümmern. Er fütterte ihn, gab ihm Wasser und schaute nach seinen Verletzungen. Der Vogel erholte sich schnell und bald war er bereit, wieder in die Freiheit entlassen zu werden.

Hans brachte den Vogel zurück in die Berge und ließ ihn fliegen. Er schaute ihm nach, wie er höher und höher stieg und schließlich am Himmel verschwand. Hans spürte eine unglaubliche Freude und Zufriedenheit. Er wusste, dass er etwas Gutes getan hatte und dass er der Natur etwas zurückgegeben hatte.

In diesem Moment realisierte Hans, dass er nie aufhören würde, die Natur zu lieben und zu schätzen. Die Freude, die er beim Wandern und Beobachten von Tieren empfand, war unbeschreiblich. Er wusste, dass er noch viele weitere Abenteuer in der Natur erleben würde und dass diese ihm immer wieder Glück und Freude schenken würden.

Der Tag im Freizeitpark

Kurt war 70 Jahre alt, aber er hatte immer noch die Abenteuerlust eines jungen Mannes. Er hatte schon immer Freude an schnellen Achterbahnen und Wildwasserfahrten gehabt, aber es war schon eine Weile her, seit er das letzte Mal einen Freizeitpark besucht hatte.

Eines Tages beschloss er, sich einen Tag im Freizeitpark zu gönnen. Er war sich nicht sicher, ob er die gleiche Energie wie früher hatte, aber er war bereit, es zu versuchen. Er kaufte sein Ticket, holte sich eine Karte und machte sich auf den Weg.

Er war überwältigt von all den verschiedenen Attraktionen, die es zu erleben gab. Die Achterbahnen waren höher, schneller und steiler als er sich erinnern konnte. Aber er ließ sich nicht abschrecken, sondern probierte sie alle aus. Es war wie ein Rausch und er konnte nicht genug davon bekommen.

Als er eine kurze Pause einlegte, traf er auf eine Gruppe von Senioren, die sich ebenfalls im Freizeitpark vergnügten. Sie saßen auf einer Bank und tranken Kaffee. Kurt schloss sich ihnen an und sie begannen sich zu unterhalten. Es stellte sich heraus, dass sie alle Freunde aus der Nachbarschaft waren und dass sie jedes Jahr zusammen in den Freizeitpark fuhren.

Sie luden Kurt ein, mit ihnen zu kommen und er stimmte zu. Zusammen besuchten sie die verschiedenen Attraktionen und hatten eine Menge Spaß. Kurt fühlte sich wie ein junger Mann und genoss die Gesellschaft der anderen Senioren.

Als der Tag zu Ende ging, war Kurt voller Energie und Glück. Er war dankbar, dass er sich auf das Abenteuer im Freizeitpark eingelassen hatte und dass er neue Freunde gefunden hatte. Er erkannte, dass es nie zu spät ist, um Spaß zu haben und dass das Leben voller Überraschungen und Freude sein kann.

Die Reise ins Ausland

Maria war schon immer eine Abenteurerin gewesen und hatte schon viele Reisen in ihrem Leben unternommen. Aber eine Sache hatte sie noch nie getan: eine Reise ins Ausland. Sie hatte immer davon geträumt, andere Länder zu besuchen und neue Kulturen kennenzulernen.

Als sie 75 Jahre alt wurde, beschloss sie, ihren Traum zu verwirklichen. Sie buchte eine Reise nach Spanien, ein Land, von dem sie schon immer fasziniert war. Sie hatte ein wenig Bedenken, weil sie alleine reisen würde und auch weil sie die spanische Sprache nicht gut beherrschte. Aber sie ließ sich nicht abschrecken und machte sich auf den Weg.

In Spanien angekommen, war Maria fasziniert von der Schönheit des Landes und der Freundlichkeit der Menschen. Sie fühlte sich sofort wohl und genoss jeden Moment ihrer Reise. Sie besuchte die Sehenswürdigkeiten, probierte die lokalen Speisen und Getränke und verbrachte viel Zeit damit, durch die malerischen Gassen der Städte zu schlendern.

Eines Tages traf sie auf eine Gruppe von Senioren, die ebenfalls alleine reisten. Sie kamen ins Gespräch und bald schon hatten sie beschlossen, ihre Reise gemeinsam fortzusetzen. Sie besuchten gemeinsam andere Städte und hatten eine Menge Spaß zusammen.

Maria war dankbar für diese neuen Freunde und für die Möglichkeit, ihre Reise zu teilen. Sie erkannte, dass es nie zu spät ist, neue Abenteuer zu erleben und neue Freunde zu finden. Am Ende ihrer Reise war sie glücklicher und erfüllter denn je zuvor.

Als Maria nach Hause zurückkehrte, hatte sie viele Geschichten zu erzählen und neue Freunde, mit denen sie in Kontakt bleiben konnte. Sie war dankbar für diese wunderbare Reise und dafür, dass sie endlich ihren Traum verwirklicht hatte.

Der Besuch beim Friseur

Gertrud hatte seit Jahren den gleichen Haarschnitt und die gleiche Frisur getragen und fühlte sich etwas unzufrieden mit ihrem Aussehen. Eines Tages beschloss sie, etwas Neues auszuprobieren und einen Besuch beim Friseur zu wagen.

Sie suchte einen Friseursalon in der Nähe und machte einen Termin aus. Am Tag ihres Termins war Gertrud ein wenig aufgeregt, aber auch voller Vorfreude. Sie wusste, dass eine neue Frisur ihr Selbstvertrauen steigern würde.

Als sie den Salon betrat, wurde sie von einem freundlichen Personal begrüßt, das ihr einen Kaffee anbot und sie in eine bequeme Frisierstuhl setzte. Gertrud erklärte dem Friseur, dass sie bereit war für eine Veränderung und sie unterhielten sich über verschiedene Optionen.

Schließlich entschied Gertrud sich für eine schicke Kurzhaarfrisur, die ihr Gesicht hervorheben würde. Der Friseur fing an zu schneiden und Gertrud konnte es kaum erwarten, das Ergebnis zu sehen.

Als er fertig war, drehte sich Gertrud zum Spiegel und konnte es kaum glauben. Sie sah so viel jünger und lebendiger aus und ihre Augen strahlten vor Freude. Der Friseur hatte ihre Wünsche perfekt umgesetzt.

Gertrud bedankte sich beim Friseur und verließ den Salon mit einem neuen Schwung in ihrem Schritt. Sie fühlte sich glücklich und erneuert und konnte es kaum erwarten, all ihren Freunden ihre neue Frisur zu zeigen.

In den folgenden Tagen erhielt Gertrud viele Komplimente für ihre neue Frisur und sie fühlte sich beflügelt. Sie wusste, dass sie das richtige getan hatte, indem sie sich für einen neuen Look entschieden hatte.

Von diesem Tag an wurde der Friseurbesuch zu einem festen Bestandteil von Gertruds Schönheitsroutine und sie genoss jedes Mal die Veränderung und das Gefühl, sich selbst zu verwöhnen.

Die Entdeckung des Neuen

Hans war schon seit vielen Jahren Rentner und hatte in seinem Leben schon viele Erfahrungen gesammelt. Er hatte in der Vergangenheit viel gereist, hatte viele Hobbys ausprobiert und viele Freunde gefunden. Aber in letzter Zeit hatte er das Gefühl, dass ihm etwas fehlte, als ob ihm das Leben keine Herausforderungen mehr bot.

Eines Tages, als er in der Bibliothek ein Buch suchte, traf er auf eine Gruppe von Menschen, die über ein neues Hobby sprachen - das Geocaching. Hans hatte noch nie davon gehört und als er sich erkundigte, erklärten ihm die Leute, dass es darum geht, versteckte Gegenstände im Freien zu finden und zu sammeln, indem man koordinierte Hinweise auf einer GPS-App folgt.

Hans war fasziniert von dieser Idee und beschloss, es auszuprobieren. Er lud sich die GPS-App herunter und begann, die ersten Hinweise zu suchen. Es war nicht einfach, aber Hans fand schnell heraus, dass es ihm viel Spaß machte, im Freien zu sein, neue Orte zu entdecken und dabei auch noch Rätsel zu lösen.

Mit der Zeit wurde Hans immer besser im Geocaching und er fand heraus, dass es eine ganze Community von Leuten gab, die sich regelmäßig trafen, um gemeinsam auf Schatzsuche zu gehen. Er schloss sich ihnen an und fand schnell neue Freunde, die genauso wie er die Freude an der Entdeckung des Neuen teilten.

Das Geocaching brachte Hans nicht nur neue Freunde, sondern auch eine neue Perspektive auf das Leben. Er entdeckte, dass es immer noch so viel zu lernen und zu erleben gibt, und dass es nie zu spät ist, etwas Neues auszuprobieren.

Als Hans am Ende des Tages nach Hause ging, war er voller Freude und Dankbarkeit für die Entdeckung des Geocaching. Er wusste, dass er etwas gefunden hatte, das ihm neue Energie und Begeisterung verleiht, und dass er auch im Alter noch neue Dinge entdecken kann.

Die Begegnung mit Tieren

Katharina war schon immer eine Tierliebhaberin. Als sie Rentnerin wurde, hatte sie endlich mehr Zeit, um sich ihrer Leidenschaft zu widmen. Eines Tages entschied sie sich, einen Ausflug in den nahegelegenen Tierpark zu machen. Sie hatte schon oft von diesem Park gehört, aber war noch nie dort gewesen.

Als sie den Park betrat, war sie sofort begeistert. Überall um sie herum gab es wunderschöne Tiere, von großen Löwen und Elefanten bis hin zu kleinen Affen und Papageien. Katharina konnte ihre Freude kaum verbergen und wanderte begeistert durch den Park, um jedes Tier zu sehen.

Während sie durch den Park wanderte, bemerkte sie einen kleinen Stand, an dem ein Tierpfleger einige Tiere präsentierte. Katharina war fasziniert und schaute gespannt zu, als der Pfleger ein kleines Kaninchen aus seiner Kiste nahm. Das Kaninchen sah so süß aus, dass sie es streicheln wollte, und als der Pfleger es ihr anbot, zögerte sie nicht.

Als sie das Kaninchen in ihren Händen hielt, spürte sie, wie es sanft und warm war. Sie konnte die Freude spüren, die das kleine Tier ihr bereitete, und sie konnte nicht anders, als zu lächeln. Der Pfleger erzählte ihr, dass das Kaninchen eine besondere Art von Therapietier war und dass es anderen Menschen half, sich zu entspannen und zu erholen.

Katharina war beeindruckt und beschloss, mehr über Therapietiere zu erfahren. Sie begann, sich zu informieren und entdeckte, dass es in ihrer Nähe eine Tiertherapie-Einrichtung gab. Sie beschloss, dorthin zu gehen und sich zu engagieren, und so begann sie regelmäßig Zeit mit Tieren zu verbringen.

Katharina fand heraus, dass die Begegnung mit Tieren ihr eine neue Freude und eine neue Bedeutung in ihrem Leben gab. Sie half bei der Pflege der Tiere und lernte, wie man mit ihnen kommuniziert und wie man ihnen Liebe und Aufmerksamkeit schenkt. Sie fühlte sich erfüllt und glücklich, und sie wusste, dass sie ihre Leidenschaft für Tiere noch viele Jahre lang genießen würde.

Der Ausflug in die Berge

Anna war eine energiegeladene Rentnerin und hatte immer noch eine Leidenschaft für Abenteuer und Reisen. Sie hatte viele Orte auf der ganzen Welt besucht, aber es gab einen Ort, den sie schon immer besuchen wollte: die Berge. Sie hatte sich immer vorgestellt, wie es wäre, auf einem Gipfel zu stehen und die majestätische Aussicht zu genießen.

Eines Tages beschloss sie, dass es an der Zeit war, ihren Traum zu verwirklichen. Sie plante eine Reise in die Berge und organisierte alles von Anfang bis Ende. Sie buchte eine Hütte in den Bergen und lud einige ihrer Freunde ein, sich ihr anzuschließen.

Als sie in den Bergen ankamen, war die Aussicht atemberaubend. Die klare Luft und die spektakuläre Landschaft nahmen ihnen den Atem. Die Gruppe wanderte durch die Berge, genoss die frische Luft und die wunderschöne Umgebung.

Eines Tages beschlossen sie, auf den höchsten Gipfel zu wandern. Es war eine Herausforderung, aber sie waren alle voller Energie und freuten sich auf die Aussicht vom Gipfel. Sie wanderten den ganzen

Tag und erreichten schließlich den Gipfel, als die Sonne begann, unterzugehen.

Die Aussicht vom Gipfel war spektakulär. Sie konnten die umliegenden Berge und Täler sehen, und der Sonnenuntergang färbte den Himmel in ein warmes Orange und Rot. Anna und ihre Freunde fühlten sich unglaublich glücklich und erfüllt. Es war ein unvergesslicher Moment und eine Erfahrung, die sie ihr Leben lang schätzen würden.

Als sie am Abend in ihre Hütte zurückkehrten, waren sie müde aber glücklich. Sie setzten sich um das Feuer und teilten ihre Erlebnisse und Eindrücke des Tages. Es war ein Moment voller Freude und Gemeinschaft, und Anna fühlte sich dankbar für die Erfahrung, die sie gemacht hatte.

Der Ausflug in die Berge hatte Anna und ihre Freunde nicht nur eine atemberaubende Landschaft und wunderbare Erinnerungen gebracht, sondern auch die Freude am Leben und an der Natur. Sie wussten, dass sie noch viele Abenteuer und Reisen in der Zukunft vor sich hatten, aber dieser Moment in den Bergen würde immer etwas Besonderes bleiben.

Der Besuch beim Optiker

In dem kleinen Städtchen, in dem Emma lebt, gibt es nur einen Optiker. Als Emma eines Tages bemerkte, dass ihre Augen beim Lesen und Fernsehen etwas anstrengend waren, entschied sie sich, einen Termin bei ihm zu machen.

Sie war ein wenig nervös, da sie nicht wusste, was sie erwarten würde. Sie hatte noch nie eine Brille getragen, und obwohl sie wusste, dass es vielen Menschen half, befürchtete sie, dass es sie älter aussehen lassen würde.

Als Emma den Optiker betrat, wurde sie von einer freundlichen Stimme begrüßt. Der Optiker, Herr Schmidt, war ein älterer Mann mit einer ruhigen Ausstrahlung. Er stellte Emma einige Fragen über ihre Sehgewohnheiten und untersuchte ihre Augen.

Emma war erstaunt, wie schnell und einfach die Untersuchung war. Als Herr Schmidt ihr einige Brillenfassungen zeigte, die zu ihr passen könnten, konnte sie sich kaum entscheiden. Sie probierte eine nach der anderen an und jedes Mal sagte Herr Schmidt, wie gut sie aussehe.

Nach einiger Zeit hatte Emma sich für eine Brille entschieden. Herr Schmidt legte die Gläser ein und stellte die Bügel ein, damit sie perfekt saß. Emma war erstaunt, wie klar und scharf sie plötzlich sehen konnte.

Sie hatte nicht erwartet, dass der Besuch beim Optiker so angenehm sein würde. Herr Schmidt war so nett und hilfsbereit und hatte ihr geholfen, eine Brille zu finden, die ihr nicht nur half, besser zu sehen, sondern auch gut aussah.

Als Emma nach draußen ging, konnte sie die Welt um sich herum viel besser sehen. Sie sah die Details in den Blättern der Bäume und die Farben der Blumen viel deutlicher als zuvor. Es war, als ob eine neue Welt für sie aufging.

Emma war so dankbar für die Erfahrung und die Hilfe von Herrn Schmidt. Sie fühlte sich nicht nur besser, sondern auch jünger und vitaler. Der Besuch beim Optiker war für sie eine wahre Freude und sie würde es jedem empfehlen, der Probleme mit den Augen hat.

Die Freude an der Bewegung

Frau Müller war immer eine leidenschaftliche Tänzerin gewesen. Doch mit zunehmendem Alter waren ihre Gelenke steifer geworden und sie hatte sich von ihrem geliebten Hobby zurückziehen müssen. Eines Tages jedoch, als sie beim Spazierengehen war, hörte sie Musik aus einem nahegelegenen Park. Neugierig folgte sie dem Klang und fand eine Gruppe von Menschen, die sich zu fröhlicher Musik bewegten.

Es war eine Gruppe von Senioren, die gemeinsam Sport machten und dabei viel Spaß hatten. Frau Müller gesellte sich zu ihnen und wurde sofort herzlich aufgenommen. Die Gruppe machte verschiedene Übungen, um die Gelenke zu lockern und die Muskeln zu stärken. Dann begann die Musik und die Gruppe tanzte gemeinsam.

Frau Müller spürte, wie ihre Gelenke wieder beweglicher wurden und ihre Stimmung immer besser wurde. Die anderen Senioren waren voller Freude und lachten und sangen zu der Musik. Frau Müller fühlte sich wie in ihrer Jugendzeit und tanzte begeistert mit.

Seit diesem Tag nahm sie regelmäßig an den Aktivitäten der Gruppe teil. Sie lernte neue Freunde kennen und hatte wieder Freude an der Bewegung gefunden. Ihr Körper wurde wieder fitter und auch ihre Stimmung verbesserte sich. Sie war glücklich und dankbar für diese wunderbare Erfahrung und wusste, dass es nie zu spät war, um Freude an der Bewegung zu haben.

Die Begegnung mit anderen Kulturen

Frau Schmidt war schon immer eine neugierige Frau gewesen und hatte immer davon geträumt, andere Kulturen kennenzulernen. Doch durch ihre Verantwortungen als alleinstehende Mutter und später als berufstätige Frau hatte sie nie die Möglichkeit gehabt, zu reisen.

Doch als sie in den Ruhestand ging, beschloss sie, diesen Traum endlich zu verwirklichen. Sie meldete sich für eine Gruppenreise an und reiste in ein fernes Land. Zunächst fühlte sie sich etwas unsicher und fremd in der neuen Umgebung. Doch schnell wurde sie von der Gastfreundschaft der Einheimischen überrascht.

Sie begann, die neue Kultur zu entdecken und lernte, wie die Menschen dort lebten. Sie probierte neues Essen und lernte neue Worte in einer anderen Sprache. Frau Schmidt war begeistert von der Schönheit des Landes und der Freundlichkeit der Menschen.

In einer der nächsten Tagestouren traf sie eine Gruppe von älteren Einheimischen, die sie zu sich nach Hause einluden. Sie wurden von der Familie herzlich empfangen und verbrachten den Tag damit, Geschichten zu erzählen und gemeinsam zu essen. Frau Schmidt erkannte, dass trotz der Unterschiede in der Kultur und Sprache, sie alle ähnliche Werte und Wünsche hatten.

Die Reise war eine unvergessliche Erfahrung für Frau Schmidt und sie kehrte nach Hause zurück, erfüllt von Freude und Dankbarkeit für die Möglichkeit, andere Kulturen kennenzulernen. Sie hatte neue Freunde gefunden und die Welt mit neuen Augen gesehen. Für sie war klar, dass es nie zu spät ist, um etwas Neues zu entdecken und dass es immer möglich ist, Brücken zwischen Kulturen zu bauen.

Der Besuch auf dem Weihnachtsmarkt

Es war kurz vor Weihnachten und Anna konnte es kaum erwarten, den Weihnachtsmarkt zu besuchen. Sie liebte den Duft von gebrannten Mandeln und Glühwein, die Lichter und die festliche Atmosphäre. Gemeinsam mit ihrer Freundin Lisa, die sie schon seit Jahren kannte, hatte sie diesen Tag lange geplant.

Als sie den Weihnachtsmarkt betraten, wurden sie von einem Meer aus Lichtern und Farben empfangen. Überall hingen bunte Weihnachtsdekorationen und es roch nach Zimt und Nelken. Anna konnte spüren, wie sich ihre Stimmung aufhellte, und sie genoss jeden Moment.

Sie und Lisa schlenderten durch die Gassen und bewunderten die vielen Stände, die kunstvolles Kunsthandwerk, leckere

Köstlichkeiten und Weihnachtsdekorationen verkauften. Sie probierten Glühwein und heiße Schokolade, aßen gebrannte Mandeln und Lebkuchenherzen und genossen die vorweihnachtliche Stimmung.

Plötzlich blieb Anna an einem Stand stehen, an dem selbstgemachte Kerzen angeboten wurden. Sie betrachtete die wunderschönen Farben und Muster und beschloss, ein paar als Weihnachtsgeschenke zu kaufen. Während sie mit dem Verkäufer sprach, merkte sie, dass er einen fremden Akzent hatte und fragte ihn, woher er komme. Er erzählte ihr von seiner Heimat im Süden und von den dortigen Weihnachtsbräuchen. Anna lauschte begeistert seinen Geschichten und spürte, wie sie eine neue Kultur entdeckte.

Am späten Nachmittag, als die Sonne langsam unterging und der Weihnachtsmarkt sich allmählich leerte, saßen Anna und Lisa in einem Café und tranken Tee. Sie unterhielten sich über den Tag und darüber, wie schön es war, die festliche Atmosphäre gemeinsam zu genießen. Anna erzählte von ihrem Gespräch mit dem Kerzenverkäufer und wie sehr sie es genossen hatte, etwas Neues zu entdecken.

Als sie schließlich aufstanden, um nach Hause zu gehen, spürte Anna ein warmes Gefühl der Freude und des Glücks in ihrem Herzen. Sie wusste, dass dieser Tag einer ihrer schönsten Weihnachtsmarktbesuche war und dass sie sich auf weitere Abenteuer und Entdeckungen in ihrem Leben freute.

Die Herausforderungen des Alters

Die Sonne strahlte am Himmel, als Emma aus dem Fenster schaute und sich fragte, was der Tag wohl bringen würde. Sie war schon seit einigen Jahren im Ruhestand und genoss ihr Leben in vollen Zügen. Doch in letzter Zeit hatte sie das Gefühl, dass ihr Leben ein wenig eintönig geworden war.

An diesem Tag beschloss Emma, etwas Abenteuerliches zu unternehmen. Sie wusste, dass sie mit ihren 75 Jahren nicht mehr die jüngste war, aber das hinderte sie nicht daran, neue Herausforderungen anzunehmen.

Sie beschloss, eine Wanderung in den Bergen zu unternehmen. Nachdem sie sich umgezogen und ihre Ausrüstung gepackt hatte, machte sie sich auf den Weg. Die Berge waren nicht allzu weit entfernt von ihrem Haus, und sie hatte schon oft darüber nachgedacht, sie zu erkunden.

Die Wanderung war anstrengender als Emma erwartet hatte, aber sie genoss jeden Moment davon. Die Aussicht auf die Berge und die frische Luft taten ihr gut, und sie fühlte sich lebendiger als je zuvor. Unterwegs traf sie auch andere Wanderer, die alle sehr freundlich und hilfsbereit waren.

Nach einigen Stunden erreichte Emma den Gipfel. Der Ausblick von dort oben war atemberaubend, und sie fühlte sich glücklich und zufrieden. Es war ein Moment, den sie nie vergessen würde.

Auf dem Rückweg traf sie ein Paar in ihrem Alter, das auch gewandert war. Sie kamen ins Gespräch und stellten fest, dass sie viele gemeinsame Interessen hatten. Sie beschlossen, in Kontakt zu bleiben und sich wiederzutreffen.

Als Emma am Abend nach Hause kam, fühlte sie sich erschöpft aber auch erfüllt. Sie hatte eine neue Herausforderung gemeistert und neue Freunde gefunden. Es gab ihr das Gefühl, dass das Leben noch viele Abenteuer für sie bereithielt, und sie war bereit, sie anzunehmen.

Die Freude am Handwerk

Emma war schon immer eine begeisterte Handwerkerin. Sie hatte immer Freude daran, Dinge mit ihren eigenen Händen zu erschaffen und zu gestalten. Egal, ob es sich um Kleidung, Dekorationen oder Möbel handelte, Emma hatte immer neue Ideen und Projekte im Kopf.

Aber seit sie in Rente war und ihre Kinder aus dem Haus waren, hatte Emma das Gefühl, dass ihre Leidenschaft für das Handwerk langsam verblasste. Sie hatte das Gefühl, dass sie ihre Fähigkeiten verlor und sich von ihrem kreativen Geist entfernte.

Eines Tages, als Emma durch den Park spazierte, traf sie eine Gruppe von Menschen, die eine Ausstellung von handgefertigten Gegenständen organisierten. Emma war von den verschiedenen Ständen fasziniert, die von handgefertigten Kleidungsstücken und Schmuck bis hin zu Holzschnitzereien und Töpferwaren reichten.

Als sie sich umsah, bemerkte Emma eine ältere Frau, die an einem Stand saß und handgefertigte Körbe verkaufte. Emma war fasziniert von der Schönheit und Einfachheit der Körbe und begann, mit der Frau zu sprechen. Die beiden unterhielten sich über ihre Leidenschaft für das Handwerk und Emma erzählte der Frau von ihren eigenen Erfahrungen und Projekten.

Die Frau lächelte Emma an und fragte sie, ob sie jemals daran gedacht hätte, ihre eigenen handgefertigten Körbe zu machen. Emma zögerte zunächst, aber die Frau ermutigte sie, es auszuprobieren und ihre Fähigkeiten wiederzuentdecken.

Emma kaufte sich eine kleine Anleitung und begann, ihre ersten Körbe zu knüpfen. Es war anfangs schwierig und sie musste viel üben, aber schließlich entwickelte sie ihre eigene Technik und konnte ihre eigenen Körbe entwerfen und herstellen.

Die Freude und das Glück, das Emma beim Handwerken empfand, kehrten zurück und sie hatte wieder das Gefühl, dass ihre

Leidenschaft für das Handwerk wieder entfacht wurde. Emma begann, ihre Körbe auf dem Wochenmarkt zu verkaufen und wurde bald zu einer bekannten Handwerkerin in der Stadt.

Für Emma war es nicht nur eine Freude, ihre Kreativität und ihr Talent auszudrücken, sondern auch eine Möglichkeit, neue Menschen kennenzulernen und ihre Leidenschaft für das Handwerk mit anderen zu teilen.

Der Besuch beim Zahnarzt

Es war ein sonniger Tag im Frühling und Maria hatte einen Termin beim Zahnarzt. Sie war schon seit vielen Jahren Kundin bei ihm und fühlte sich in seiner Praxis immer wohl. Doch dieses Mal war etwas anders. Maria hatte sich in den letzten Wochen nicht ganz wohl gefühlt und befürchtete, dass ihr Zahnarzt vielleicht etwas Schlimmes entdecken würde.

Als sie die Praxis betrat, wurde sie von der freundlichen Rezeptionistin begrüßt und nahm im Wartezimmer Platz. Dort traf sie auf eine ältere Dame namens Helga, die sie noch nie zuvor gesehen hatte. Helga war etwas nervös und begann, mit Maria zu sprechen, um sich abzulenken. Die beiden Frauen tauschten sich über ihre Hobbys, ihre Familien und ihre Erfahrungen beim Zahnarzt aus.

Nach einiger Zeit wurde Maria aufgerufen und betrat den Behandlungsraum. Ihr Zahnarzt, Dr. Müller, begrüßte sie freundlich und begann mit der Untersuchung. Maria spürte, dass sie sehr angespannt war, aber Dr. Müller beruhigte sie und erklärte ihr jeden Schritt des Prozesses.

Währenddessen hörten sie plötzlich einen lauten Knall aus dem Nebenraum. Dr. Müller entschuldigte sich bei Maria und verließ den Raum, um zu sehen, was passiert war. Als er zurückkehrte, erklärte er, dass einer der Stühle im Nebenraum gebrochen war und dass sie deshalb etwas länger auf ihre Behandlung warten müsste.

Maria hatte etwas Zeit, um nachzudenken und sich zu entspannen. Als Dr. Müller schließlich zurückkam, war sie überrascht, dass er sie fragte, ob sie Helga, die ältere Dame aus dem Wartezimmer, mit in den Behandlungsraum bringen würde. Helga hatte nämlich kein Auto und konnte sich nicht auf den Weg zu einem anderen Zahnarzt machen.

Maria stimmte zu und Dr. Müller holte Helga aus dem Wartezimmer. Die beiden Frauen tauschten sich aus und Maria bemerkte, dass Helga wirklich aufgeregt war, aber sich auch sehr freute, bei ihr zu sein.

Dr. Müller begann mit der Behandlung von Maria und Helga saß neben ihr und hielt ihre Hand. Maria fühlte sich so beruhigt und aufgehoben, dass sie fast vergaß, dass sie beim Zahnarzt war.

Als die Behandlung vorbei war und Maria und Helga die Praxis verließen, fühlten sich beide Frauen glücklich und erleichtert. Sie hatten sich gegenseitig geholfen und eine neue Freundschaft geschlossen. Maria wusste, dass sie immer noch besorgt über ihre Gesundheit war, aber sie fühlte sich auch gestärkt und sicher, dass sie eine solche Erfahrung teilen konnte.

Dieser Tag beim Zahnarzt hatte Maria und Helga nicht nur ihre Zähne in Ordnung gebracht, sondern auch ihre Herzen geöffnet und neue Freundschaften geschaffen.

Die Begegnung mit der Technologie

Sophie war schon immer neugierig und offen für neue Dinge. Doch als sie von ihrem Enkel einen Laptop geschenkt bekam, war sie skeptisch. Technologie und Computer waren für sie etwas völlig Neues und Unbekanntes. Aber Sophie war bereit, sich der

Herausforderung zu stellen und herauszufinden, wie sie das Beste aus ihrem neuen Geschenk machen konnte.

Sie begann damit, Tutorials auf YouTube zu suchen und sich anzumelden für Computerkurse in ihrer Nähe. Es dauerte nicht lange, bis sie sich mit der Technologie vertrauter fühlte und begann, ihre digitale Welt zu erkunden.

Mit ihrem neuen Wissen und Können begann Sophie, ihre Freunde und Familie mit ihren Fähigkeiten zu beeindrucken. Sie schickte ihnen E-Mails und Nachrichten, machte Videocalls und teilte ihre Erlebnisse auf sozialen Medien. Die Freude, die sie dabei empfand, war unbeschreiblich.

Sophie hatte sich durch ihre Begegnung mit der Technologie verändert. Sie hatte ihre Komfortzone verlassen und neue Fähigkeiten erworben, die ihr Leben bereicherten. Es war eine Herausforderung, aber es war auch eine Quelle der Freude und des Glücks.

Die Freude am Kochen

Inge war eine rüstige Rentnerin, die seit dem Tod ihres Mannes vor fünf Jahren alleine in ihrem Haus lebte. Sie hatte immer gerne gekocht, aber seitdem sie alleine war, war es ihr schwer gefallen, Motivation zum Kochen zu finden. Ihre Kinder und Enkelkinder besuchten sie regelmäßig und brachten ihr oft fertige Gerichte mit, aber Inge wollte nicht nur von Fertigessen leben. Sie sehnte sich nach der Freude und der Kreativität, die das Kochen ihr früher gebracht hatte.

Eines Tages sah Inge eine Anzeige für einen Kochkurs für Senioren in der örtlichen Gemeindehalle. Obwohl sie nervös war, meldete sie sich an und freute sich auf die Chance, neue Kochtechniken zu erlernen und neue Freunde zu finden.

Am Tag des Kurses traf sie eine Gruppe von Senioren, die genauso begeistert von Kochen waren wie sie. Der Lehrer war ein erfahrener Koch und brachte ihnen bei, wie man klassische Gerichte mit modernen Techniken und Zutaten verfeinern konnte. Inge war besonders begeistert von den Tipps zur Zubereitung von Gemüse und der Herstellung von eigenen Gewürzmischungen.

Sie arbeitete hart im Kurs und war stolz auf die Gerichte, die sie zubereitete. Nach jeder Klasse brachte sie ihre Kreationen mit nach Hause und teilte sie mit ihren Nachbarn und Freunden. Sie lud auch ihre Familie zu einem großen Essen ein, bei dem sie stolz die neuen Fähigkeiten, die sie gelernt hatte, demonstrieren konnte.

Inge lernte nicht nur, wie man besser kocht, sondern auch, wie man neue Freundschaften knüpft und seine Leidenschaften im Alter lebt. Sie war begeistert von der Freude, die das Kochen ihr wiederbrachte und sie wusste, dass sie nun in der Lage war, leckere Mahlzeiten für sich selbst zu kreieren, wann immer sie wollte.

Der Besuch im Theater

Hanna und ihre Freundinnen hatten sich schon seit Wochen auf diesen Tag gefreut - einen Besuch im Theater stand auf dem Programm! Es war schon lange her, dass sie eine solche Gelegenheit hatten, und sie waren begeistert von der Aussicht, in die Welt der Kultur einzutauchen.

Es war ein sonniger Tag, als sie sich trafen und gemeinsam zum Theater fuhren. Die Straßen waren voller Menschen, die das schöne Wetter genossen, aber die Frauen hatten nur das Theater im Sinn. Sie sprachen über ihre Erwartungen und Vorfreude auf das Stück, das sie sehen würden.

Als sie das Theater erreichten, waren sie von der eleganten Fassade und der majestätischen Architektur beeindruckt. Im Inneren wurden sie von dem Ambiente und der eleganten Einrichtung des

Theaters überwältigt. Es gab eine sanfte Beleuchtung, die den Raum mit Wärme und Atmosphäre erfüllte, und die Vorfreude auf das Stück stieg.

Sie nahmen ihre Plätze ein und genossen das Warten auf den Beginn des Stücks. Als die Vorstellung schließlich begann, wurde die Stimmung still und erwartungsvoll. Die Bühne erstrahlte im Rampenlicht und das Stück begann.

Es war eine emotionale und bewegende Darstellung über das Leben und die Liebe, und die Frauen waren tief berührt von der Botschaft des Stücks. Sie lachten, weinten und applaudierten am Ende der Aufführung begeistert.

Als sie das Theater verließen, waren sie voller Begeisterung und Dankbarkeit für die Erfahrung, die sie hatten. Sie fühlten sich belebt und inspiriert durch die Kunst und Kultur, die sie erlebt hatten. Es war ein unvergesslicher Tag, und sie wussten, dass sie diese Erinnerungen für immer in ihrem Herzen tragen würden.

Die Entdeckung des Lebens

Katharina war gerade 70 Jahre alt geworden und hatte beschlossen, dass es an der Zeit war, etwas Neues auszuprobieren. Sie hatte ihr ganzes Leben lang hart gearbeitet und ihre Kinder großgezogen, aber nun hatte sie das Bedürfnis, mehr aus ihrem Leben zu machen. Eines Tages erfuhr sie von einer Gruppe von Senioren, die sich regelmäßig traf, um gemeinsam neue Erfahrungen zu sammeln und das Leben zu genießen. Katharina war sofort begeistert und beschloss, sich ihnen anzuschließen.

Die Gruppe traf sich einmal pro Woche und unternahm verschiedene Aktivitäten. Mal gingen sie gemeinsam wandern, mal besuchten sie ein Museum oder sie nahmen an Kochkursen teil. Es war eine bunt gemischte Gruppe von Menschen, alle im Seniorenalter, aber dennoch voller Lebensfreude und Neugierde.

Katharina fand schnell Anschluss in der Gruppe und freute sich jedes Mal aufs Neue auf das nächste Treffen. Eines Tages schlug einer der Teilnehmer vor, gemeinsam eine Reise zu machen. Es sollte eine Reise sein, die sie alle herausfordern würde und bei der sie gemeinsam neue Erfahrungen sammeln könnten. Nach einiger Diskussion einigten sie sich darauf, nach Indien zu reisen.

Katharina hatte noch nie außerhalb Europas gereist und war zunächst ein wenig nervös. Doch ihre neuen Freunde ermutigten sie und versprachen ihr, dass es eine unvergessliche Erfahrung werden würde. Und so machten sie sich gemeinsam auf den Weg.

Die Reise war ein Abenteuer. Sie besuchten Tempel und Paläste, erkundeten die exotische Natur und probierten viele neue Speisen. Die Menschen waren freundlich und gastfreundlich, und Katharina spürte, wie sie jeden Tag mehr Vertrauen und Mut gewann. Die Reise war eine Entdeckung des Lebens für sie, eine Offenbarung, dass es nie zu spät ist, Neues zu entdecken.

Am Ende der Reise kehrten sie alle glücklich und voller neuer Erfahrungen zurück. Katharina hatte das Gefühl, dass sie eine völlig neue Welt entdeckt hatte, und sie wusste, dass sie das Abenteuer nie vergessen würde. Sie hatte nicht nur das Leben in Indien entdeckt, sondern auch eine neue Seite an sich selbst gefunden. Und sie war dankbar dafür, dass sie die Möglichkeit hatte, all das zu erleben, dank der Freude am Leben und der Entdeckung des Unbekannten.

Die Reise in die Geschichte

Es war ein sonniger Tag im Frühling, als Frau Müller beschloss, das Museum für Geschichte zu besuchen. Sie hatte schon immer ein großes Interesse an vergangenen Epochen und war neugierig darauf, was sie in dem Museum alles entdecken würde.

Als sie durch die Eingangshalle ging, fühlte sie sich wie eine Zeitreisende, die in eine andere Ära zurückversetzt wurde. Überall um sie herum gab es Artefakte und Ausstellungsstücke aus verschiedenen Zeiten. Frau Müller ging durch die verschiedenen Ausstellungsbereiche, betrachtete antike Münzen, alte Waffen und Werkzeuge und lernte mehr über die Geschichte ihrer Stadt.

Während ihres Rundgangs traf sie auch auf andere Besucher, die ebenfalls interessiert an der Vergangenheit waren. Sie begannen, sich zu unterhalten und teilten ihr Wissen miteinander. Frau Müller fand diese Begegnungen sehr bereichernd und genoss es, neue Freunde zu finden.

Als sie schließlich zum Ausgang kam, fühlte sie sich erfüllt und zufrieden. Sie hatte viel gelernt und war beeindruckt von der Schönheit und Vielfalt der Exponate. Aber vor allem war sie dankbar für die Möglichkeit, in die Geschichte eintauchen zu können und etwas über die Vergangenheit ihrer Stadt zu erfahren.

Auf dem Rückweg nach Hause, dachte sie darüber nach, wie wichtig es ist, die Vergangenheit zu kennen und zu schätzen. Sie beschloss, öfter das Museum zu besuchen und ihre Entdeckungsreise in die Geschichte fortzusetzen. Denn wie sie erkannt hatte, gab es immer noch so viel zu lernen und zu entdecken.

Der Besuch im Tierpark

Es war ein sonniger Tag, als Herr Müller beschloss, den Tierpark zu besuchen. Er hatte schon seit Jahren nicht mehr einen solchen Ausflug unternommen und war sehr aufgeregt. Er liebte Tiere und erinnerte sich noch an seine Kindheit, als er oft mit seinen Eltern den Zoo besuchte.

Als er im Tierpark ankam, war er beeindruckt von der Vielfalt der Tiere, die er sah. Er sah Elefanten, Giraffen, Löwen und sogar Pinguine! Er nahm sich Zeit, um jeden Tierbereich zu erkunden und verbrachte einige Zeit damit, die Tiere zu beobachten und zu bewundern.

Dann bemerkte er eine Gruppe von Senioren, die zusammen waren und schien viel Spaß zu haben. Sie waren auch im Tierpark und genossen die Tiere wie Herr Müller. Er beschloss, sich ihnen anzuschließen und sie zu fragen, ob er mit ihnen zusammen sein könnte.

Die Gruppe hieß ihn herzlich willkommen und begann, ihm die verschiedenen Tiere zu zeigen, die sie bereits gesehen hatten. Herr Müller fand es toll, mit anderen Menschen in Kontakt zu kommen und sich auszutauschen.

Sie wanderten durch den Tierpark und genossen die Tiere, lachten und teilten Erinnerungen an ihre früheren Tierparkbesuche. Es war ein wunderschöner Tag, voller Freude und Glück.

Als die Gruppe sich trennte, um ihre eigenen Wege zu gehen, fühlte Herr Müller sich zufrieden und erfüllt. Er war dankbar für den Tag und die Begegnung mit den anderen Senioren, die ihm eine so positive Erfahrung beschert hatte.

Auf dem Heimweg dachte er darüber nach, wie wichtig es war, mit anderen Menschen in Kontakt zu bleiben und gemeinsam Freude und Glück zu teilen. Der Besuch im Tierpark war für ihn eine unvergessliche Erfahrung, die ihm zeigte, dass das Leben in jedem Alter Freude bringen kann.

Die Freude am Lesen

Anna war schon immer eine leidenschaftliche Leserin. Schon als Kind konnte sie stundenlang in Büchern versinken und war jedes Mal fasziniert von den Geschichten und Abenteuern, die sich darin abspielten. Doch im Laufe ihres Lebens hatte sie immer weniger Zeit zum Lesen gefunden. Es gab immer etwas Wichtigeres zu erledigen oder zu erledigen, und so hatte das Lesen immer weiter an Bedeutung verloren.

Doch als Anna in den Ruhestand ging, änderte sich das alles. Endlich hatte sie wieder Zeit, sich ihrem Lieblingshobby zu widmen. Sie besuchte regelmäßig die örtliche Bibliothek und verbrachte Stunden damit, sich durch die Regale zu stöbern und sich neue Bücher auszusuchen. Sie hatte wieder angefangen, sich in den Geschichten zu verlieren und konnte gar nicht genug davon bekommen.

Eines Tages lernte Anna bei einem Besuch in der Bibliothek eine andere Leserin kennen, die ebenfalls im Ruhestand war. Die beiden tauschten sich über ihre Lieblingsbücher aus und beschlossen schließlich, eine eigene Lesegruppe zu gründen. Sie luden noch ein paar andere Senioren ein, die auch gerne lasen, und so entstand eine kleine Gemeinschaft von Gleichgesinnten.

Jeden Monat trafen sie sich in einem gemütlichen Café, um über das aktuelle Buch zu diskutieren. Es war ein Highlight für Anna und die anderen, sich in der Gruppe auszutauschen und neue Perspektiven kennenzulernen. Oft kamen sie von ihren Treffen inspiriert zurück, um noch mehr zu lesen und sich in neuen Geschichten zu verlieren.

Anna war glücklich, wieder Zeit für ihre Leidenschaft zu haben und sich mit anderen Lesern auszutauschen. Das Lesen hatte ihr Leben bereichert und sie inspiriert, auch im Alter noch neugierig und offen für Neues zu bleiben.

Die Begegnung mit der Literatur

Herr Fischer saß gemütlich in seinem Sessel und blätterte durch die Seiten seines Lieblingsbuchs. Er hatte immer schon gerne gelesen und dies hatte sich auch im hohen Alter nicht geändert. An diesem Nachmittag hatte er sich besonders auf das Lesen gefreut, denn er hatte eine Einladung zu einer Lesung in der Bibliothek erhalten.

Die Bibliothekarin hatte eine Ankündigung in der örtlichen Zeitung veröffentlicht und Herr Fischer hatte sofort beschlossen, daran teilzunehmen. Er hatte schon lange keinen solchen Event mehr besucht und war gespannt auf die Begegnung mit anderen Literaturbegeisterten.

Als er in der Bibliothek ankam, sah er viele andere Senioren, die ebenfalls gekommen waren, um der Lesung beizuwohnen. Herr Fischer fand schnell einen Platz und wartete gespannt auf den Beginn der Veranstaltung.

Die Autorin betrat schließlich das Podium und stellte ihr Buch vor. Sie las ausgewählte Passagen vor und erzählte von den Hintergründen ihrer Arbeit. Herr Fischer war von der Geschichte sofort gefesselt und hing an ihren Lippen.

Nach der Lesung gab es noch eine Diskussionsrunde, bei der die Besucher ihre Fragen an die Autorin stellen konnten. Herr Fischer hatte auch eine Frage und die Autorin beantwortete sie ausführlich. Er war begeistert von ihrer Begeisterung für Literatur und der Leidenschaft, mit der sie ihr Buch geschrieben hatte.

Als die Lesung vorbei war, verließ Herr Fischer die Bibliothek mit einem breiten Lächeln im Gesicht. Er fühlte sich inspiriert und erfüllt von der Begegnung mit der Literatur. Es war ein wundervoller Nachmittag gewesen und er wusste, dass er nun noch mehr Freude am Lesen haben würde.

Der Tag im Schwimmbad

Gretel hatte seit Jahren nicht mehr im Schwimmbad gewesen. Sie hatte vergessen, wie viel Freude ihr das Schwimmen bereitete. Eines Tages jedoch beschloss sie, sich wieder auf das Abenteuer einzulassen.

Die Sonne schien und Gretel fuhr mit dem Bus zum Schwimmbad. Sie zögerte kurz, bevor sie den Umkleideraum betrat.

Doch als sie ins Becken tauchte, fühlte sie sich wie ein Kind, das in den Pool springt. Die Kühle des Wassers und die Bewegung, die ihr Körper machte, erfüllten sie mit Freude.

Gretel zog ihre Bahnen, drehte ihre Runden und plauderte mit anderen Schwimmern. Die Zeit verging wie im Flug und sie war enttäuscht, als es Zeit war, aus dem Wasser zu gehen. Doch als sie ihre Sachen holte und sich anzog, bemerkte sie, dass ihr Körper sich belebt und energetisiert fühlte.

Während der Fahrt zurück nach Hause konnte Gretel nicht aufhören, über die wunderbare Erfahrung nachzudenken. Sie wusste, dass sie regelmäßig ins Schwimmbad gehen würde, um das Gefühl der Freude und Lebendigkeit zu erhalten, das ihr das Schwimmen gebracht hatte.

Die Herausforderung des Wanderns

Elisabeth ist 67 Jahre alt und hat ihr ganzes Leben lang in der Stadt gelebt. Sie liebte es, spazieren zu gehen und die Umgebung zu erkunden, aber sie hatte nie die Chance gehabt, zu wandern. Bis sie eines Tages beschloss, dass sie sich eine neue Herausforderung suchen wollte. Elisabeth hörte von einer lokalen Wandergruppe und beschloss, sich ihnen anzuschließen.

Am Tag der Wanderung war Elisabeth sehr aufgeregt. Sie traf die Gruppe und erfuhr, dass sie mit anderen älteren Menschen zusammen wandern würde. Die Gruppe war sehr freundlich und unterstützend, und Elisabeth fühlte sich gleich wohl. Die Wanderung führte durch eine malerische Landschaft und Elisabeth genoss die frische Luft und die Ruhe der Natur.

Doch bald wurde die Wanderung schwieriger, als sie erwartet hatte. Der Pfad führte steil bergauf und Elisabeth begann zu schwitzen und zu keuchen. Sie war kurz davor aufzugeben, als einer der Gruppenmitglieder ihr eine helfende Hand anbot und sie aufmunterte, weiterzugehen.

Elisabeth spürte plötzlich, wie ihre Beine stärker wurden und ihr Herzschlag ruhiger. Sie war so stolz auf sich selbst, als sie den Gipfel erreichte und die atemberaubende Aussicht sah. Die Gruppe jubelte ihr zu und umarmte sie, als sie ankam.

Am Ende des Tages war Elisabeth glücklich und zufrieden. Sie hatte sich einer Herausforderung gestellt und sie gemeistert. Sie hatte neue Freunde gefunden und eine wunderschöne Landschaft erkundet. Sie wusste, dass sie in Zukunft öfter wandern würde und freute sich auf die nächsten Abenteuer mit ihrer neuen Wandergruppe.

Der Besuch beim Hörgeräteakustiker

Ingeborg konnte die Vögel in ihrem Garten nicht mehr hören. Auch das Telefon klingelte oft unbemerkt. Ihr Mann hatte es schon lange bemerkt und sie ermutigt, einen Hörtest zu machen. "Es wird dich verändern", hatte er gesagt.

Ingeborg war skeptisch, aber sie hatte Angst, noch mehr zu verpassen. Also machte sie einen Termin bei einem Hörgeräteakustiker. Der junge Mann begrüßte sie freundlich und führte sie in einen kleinen Raum, wo er ihre Ohren untersuchte. "Sie haben einen Hörverlust", sagte er. "Aber keine Sorge, wir können Ihnen helfen."

Er erklärte ihr die verschiedenen Arten von Hörgeräten und half ihr, das richtige Modell auszuwählen. Ingeborg war beeindruckt von der modernen Technologie und war erstaunt, wie klein und unauffällig die Hörgeräte waren. Der Akustiker zeigte ihr auch, wie sie die Geräte reinigen und pflegen konnte.

Als Ingeborg ihre neuen Hörgeräte einsetzte, war sie zunächst überrascht von den vielen Geräuschen, die sie wieder hören konnte.

Aber dann wurde sie von einer Welle der Freude überwältigt, als sie die Vögel in ihrem Garten wieder hören konnte. Auch ihre Enkelin, die sie anrief, konnte sie nun klar und deutlich hören.

Ingeborgs Mann war überglücklich, als er sah, wie glücklich sie war. Er nahm sie mit auf einen Spaziergang im Park und sie genossen gemeinsam die Geräusche der Natur. Ingeborg war dankbar, dass sie sich überwunden hatte, den Hörgeräteakustiker zu besuchen. Sie hatte nicht erwartet, dass dies ihr Leben so verändern würde, aber sie war glücklich darüber, dass sie wieder alles hören konnte.

Die Erlebnisse im Ruhestand

Anna hatte ihr ganzes Leben lang hart gearbeitet und sich auf den wohlverdienten Ruhestand gefreut. Endlich konnte sie ihre Zeit mit all den Dingen verbringen, die sie schon immer tun wollte. Sie hatte einen Stapel Bücher, die darauf warteten, gelesen zu werden, und sie freute sich darauf, neue Rezepte auszuprobieren und vielleicht sogar das eine oder andere Handwerk zu erlernen.

Aber der Ruhestand brachte auch unerwartete Abenteuer mit sich. Eines Tages hatte Anna beschlossen, einen langen Spaziergang im Park zu machen. Sie liebte die Natur und das Gefühl, draußen in der frischen Luft zu sein. Als sie sich auf den Weg machte, umrundete sie den See und wanderte durch die Wälder, aber nach einiger Zeit merkte sie, dass sie sich verlaufen hatte.

Panik stieg in ihr auf, als sie sich nicht sicher war, wo sie war oder wie sie zurückkehren konnte. Aber zum Glück traf sie bald auf ein freundliches Ehepaar, das sie zurück zum Parkausgang begleitete.

Das Abenteuer hatte Annas Selbstvertrauen gestärkt und sie motiviert, noch mehr neue Dinge zu erleben. Sie meldete sich in einer Gruppe von Gleichgesinnten an, die einmal im Monat auf Reisen gingen und neue Orte erkundeten. Es war eine großartige

Möglichkeit, neue Freunde zu finden und gleichzeitig neue Teile der Welt zu sehen.

Aber es gab auch Zeiten, in denen Anna einfach entspannen und sich erholen wollte. An diesen Tagen setzte sie sich mit einem guten Buch auf ihre Terrasse und genoss das Sonnenlicht und die frische Luft. Sie fand auch Freude daran, ihre Enkelkinder zu besuchen und mit ihnen zu spielen.

Anna lernte, dass der Ruhestand eine Zeit der Freiheit, der Entdeckung und der Freude sein kann. Sie wusste, dass es Herausforderungen und Abenteuer geben würde, aber sie war bereit, sie anzunehmen und zu umarmen. Jeden Tag brachte neue Erfahrungen und Möglichkeiten mit sich, und sie freute sich darauf, zu sehen, was als nächstes kommen würde.

Impressum

LIOM LIOM
AUF DER HÖH 13A
35447 REISKIRCHEN
KONTAKT
E-MAIL: sl350sl@gmx.de

Don't miss out!

Visit the website below and you can sign up to receive emails whenever Liom Liom publishes a new book. There's no charge and no obligation.

https://books2read.com/r/B-A-AOUW-BFLGC

BOOKS 2 READ

Connecting independent readers to independent writers.

Did you love *Geschichten für Senioren*? Then you should read *Geschichten die Glücklich machen*[1] by Liom Liom!

[2]

Erlebe jetzt in diesem einzigartigen Taschenbuch die Schönheit des Lebens und lass dich von Geschichten verzaubern, die das Herz berühren und dich glücklich machen. In diesen inspirierenden Kurzgeschichten geht es um Themen wie die Macht der Gedanken, die Freude am Entdecken oder den Weg zur Erfüllung - jede einzelne erzählt auf ihre eigene Art und Weise von der Schönheit im Hier und Jetzt und dem Glück, das uns umgibt. Lass dich von diesen Geschichten verzaubern und finde selbst neue Perspektiven, die dein Leben bereichern werden.

---

1. https://books2read.com/u/3LNE6M

2. https://books2read.com/u/3LNE6M

www.ingramcontent.com/pod-product-compliance
Lightning Source LLC
Chambersburg PA
CBHW051311160726
47994CB00003B/1413